그래, 차는 마셨는가

글·사진 | 도연 스님

담그래

지은이와
협의하에
인지생략

그래, 차는 마셨는가
2008년 8월 23일 초판 1쇄 발행 2008년 11월 2일 초판 2쇄 발행

지은이 도연 스님
펴낸이 이 춘 호
펴낸곳 당그래

등록 1989. 7. 7. 제22-0038호
주소 110-071 서울시 중구 예장동 1-72 1층
전화 (02)2272-6603
팩스 (02)2272-6604
E-MAIL dangre@dangre.co.kr

표지디자인 이 지 현
제판 위너스출력센타
인쇄 예림인쇄
제본 우성제책

ⓒ 도연 스님. 2008
ISBN 978-89-6046-019-5 * 03810

나는 강원도 철원과 경기도 포천의 경계인 지장산地藏山 골짜기
두 평 컨테이너에 온갖 새들과 함께 산다

새는 자유다. 새는 가벼운 날갯짓으로 가지 못하는 곳이 없다. 새는 깃털 하나만으로도 아름답다
새는 소유하지 않는다. 새들은 어디에서 잘까?
새들에게는 집이 따로 없다. 우거진 나무숲이나 고목나무 구멍 속이 새의 집이다
둥지마저도 번식을 마치면 미련없이 버리고 떠난다

새는 부처다, 나무관세음보살이다

나무참제업장보승장불, 보광왕화염조불, 일체향화자재력왕불, 백억항하사 결정불, 진위덕불, 금강견강소복괴산불,
보광월전묘음존왕불, 환희장마니보적불, 무진향승왕불, 사자월불, 환희장엄주왕불, 제보당마니승광불이다.

성직자는 가난해야 한다

추운 겨울 지하도에서 거리에서 노숙하는 사람이 있는 한 성직자가 등 따습고 배불리 먹고 잠든다는 것은 위선이다.
중仲이 고무신을 신는 까닭은 가장 낮은 데서 검소하고 겸허하게 살겠다는 의미를 갖는다.
내가 소유한 것들은 세상을 향해 써야할 것들이다. 내가 경계하는 것은 쓸 데 없이 많은 것을 소유하는 것이다.
예수를 믿는 것은 예수를 닮자는 것이고, 부처를 믿는 것은 부처를 닮자는 것이다.

스님은 목탁 치고 염불만 하면 되는 줄 알았더니,
도연 스님은 나처럼 새를 좋아해 새를 보러 다니고 사진도 촬영하는
멋쟁이 스님이다.

특히 두루미가 오는 겨울이면
철원 평야 DMZ 인근에서 두루미와 함께 살다시피 하는
스님을 볼 수 있는데
스님에게 새는 곧 부처요 자유이기 때문이다.

스님은 요즘 자전거를 타고 다닌다.
지난 겨울 을숙도에서 우연히 만났을 때는 철원에서부터
자전거를 타고 왔다고 하여 나를 기절초풍하게 만들기도 했다.

스님!
그물에 걸리지 않는 바람처럼
부디 자유로우시라.

조류학자 윤 무 부

차는 마셨는가

--차 茶 는 마셨는가?
--네 …? 아직 …
--그럼 차나 마시게.

--그래 차는 마셨는가?
--네! 마셨습니다아 !!!
--그럼, 가서 차나 마시게.

자꾸 차만 마시라니, 도대체 노장들 말씀은 영 헛갈린다.
사람들은 세상에서 잃은 길을 산에 와서 찾는다.
--길 道 좀 물읍시다!!
세상 사는 일에 도 道 아닌 게 없다.
차 한 잔 마시는 일이 도라 이른다.
그리하여 끽다거 喫茶去 라 했다.

여하튼, 나는 산으로 돌아왔다.
그리고 어리버리 중 伷 소리도 듣게 되었네.
(나는 중을 伷으로 쓰기를 우기는데
 '사람의 중심' 이라는 의미보다
 '사람들 안으로 들어감' 을 뜻한다.
출세간 出世間 역시 세간 世間 을 떠난 게 아니라 오히려 '세간으로 들어
감' 을 뜻한다.)

더불어 감히 거룩한 공양供養 까지 받으며 사기詐欺 를 치는데,
또 여하튼,
시나브로 그렇게 나는 자유를 찾아가는 중 仲이더이다.

자유를 찾아가는 나의 순례길은 언제쯤 마치게 될까.

나의 첫 번째 산문집 '중이 여자하고 걸어가거나 말거나' 에
이어 이번에 출간되는 책은 말을 많이 줄이려 애썼다.
그렇다고 정구업진언 淨口業眞言, 말이 줄어든 것도 아니다.
말을 줄이려 사진의 힘을 빌렸는데
압축돼 있어서 그렇지 사진이야말로 더욱 많은 말을 하고 있기 때문이다.
이제 그 압축을 푸는 일은 독자들의 몫이다.

되지못한 글을 괴발개발 함부로 휘갈겨 죄송하다.

지장산 계곡 청량지에서 도연 합장

●본문 사진은 대부분 NIKON Coolpix p5100 컴팩트 카메라로 촬영하였다.

1

그래, 차는 마셨는가 -15

8

2 놀으라 -99

3 나의 비밀의 정원 -173

그리고…

이곳은 나의 왕국.
어느 누구에게도 간섭 받지 않는 곳.
부처님조차도 어쩌지 못하는 곳.
고요하고 고요한 나의 비밀의 정원.

本來佛 본래불

우리는 본래 부처입니다.

그런데 우리는 스스로 부처임을 부정하며 삽니다.
이익을 위해 남을 속이고 거짓말을 하고
함부로 말하고 없는 말을 만들어 내고
욕심을 부려 많은 것을 가지려 드는 것은

스스로 나는 부처가 아닙니다, 하고 외치는 격입니다.

천수경 千手經 첫 머리는
정구업진언 淨口業眞言으로 시작합니다

입을 깨끗이 하겠습니다. 내 입부터 깨끗이 하겠습니다.
입으로 지은 죄를 참회합니다. 말로 지은 죄를 털어버립니다.
참된 말만 받아드리겠습니다, 등의 의미입니다.

그 옛날에 사람들을 얼마나 말로 고단하게 했으면 그랬을까요.
사람 사는 세상은 참 말이 많습니다.
말 한 마디에 울고 웃으니
'천 냥 빚도 말 한 마디로 갚는다' 는 말이 있을 지경입니다.

특히 정치가 그렇습니다.
아 다르고 어 달라 민감하기 짝이 없습니다.
토씨 하나만 빠트려도 의미가 정 반대로 전달되는 게 말의 생리여서
말 한 마디가 일파만파로 세상을 뒤흔든다는 것은
일일이 열거하지 않아도 짐작할 것입니다.

말이 많으면 쓸 말이 적다고 합니다.
할 말은 하되, 신중히, 천천히, 말할 일입니다.

그래, 차는 마셨는가

보시(布施), 지계(持戒), 인욕(忍辱), 정진(精進), 선정(禪定), 반야(般若)

그렇게 사방에 문이 있어도 머물러 있어 줌에 어찌 고맙지 않으랴.
이젠 그 문마저 사라졌으니 마땅히 열지 않아도 되겠네.
가시는 그 모습을 지켜본다고 산 넘어 지는 해가 다시 솟을까.
이젠 해도 저물었으니 그 동안 못다한 잠이라도 실컷 자시게나. (雲)

천상천하 유아독존 天上天下 唯我獨尊,

오호라, 하필이면 세상에서 제일 못된 인간으로 태어날 게 뭐람!!!
불기 2551년,
오늘은 석가모니 부처님께서
'재수 없이' 인간의 몸으로 태어나신 날입니다.
석가모니 부처님의 화두는 여기서부터 시작되었으며
결국 출가를 결심하게 됩니다.

물 흐르듯
가끔 스님의 글 몰래 훔쳐보러 옵니다.
저만 보기가 아까워서 제가 좋아 하는 분들과 함께 나누고 있습니다.

흔적

인간만이 쓰레기를 만들어 냅니다.
강산을 제 맘대로 허물고 막습니다.
마치 벌레가 사과를 갉아먹고 버리는 것처럼
먼 훗날 지구의 모습도 그와 같을 것입니다.
흔적 없이 오가는 새들에 비해
인간은 흔적을 너무 많이 남깁니다.

최종호
자연환경을 함부로 하는 사람들이 활개치는 세상이 없어졌으면 좋겠습니다.

항구

항구는 미지의 세계로 배가 출항하는 곳입니다.
그대의 항구는 어디인가요?

곰탱이
갖가지 경계에 걸려들면서 행이 따라 주지 않음을 많이 봅니다.
이것은 머리로 아는 것이지 가슴으로 온전히 아는 것이 아니다, 생각해 봅니다.

외식제연 내심무천

외식제연 내심무천 外息諸緣 內心無喘
밖으로 인연을 끊고 안으로는 혼란스러움이 없다는 말입니다.
살다보면 나도 모르게 이런저런 인연으로 얽혀 있습니다.
그리고 시간이 흐를수록 그 안에 갇히게 됩니다.
이걸 갈등 葛藤 즉, 칡넝쿨 얽힌 모양이라고 합니다.
수행자는 갈등에서 벗어나야 합니다.
그래야 모름지기 제 길을 갈 수 있습니다.

최정옥
가을이 되면 웬일인지 자꾸 서성이는 저를 발견합니다.
한 가지 일에 꾸준히 전념하는 스님이 존경스럽습니다. ((-.-))

수행자는 한 송이 들꽃입니다

수행자는 향기로운 한 송이 꽃으로 존재해 주기만 해도
고단한 사람들에게 위로가 되기에 충분합니다.
마치 험한 숲에서 길을 잃고 헤매다가
한 송이 들꽃을 만난 것처럼 말입니다.

유연하
스님의 비밀의 정원, 잠시 비웠다 돌아오시면 진정되지 않을 정도로
반가움으로 투정부리는 스님의 숲속 친구들, 그 교감이 느껴집니다.

無念

생각이 없다는 뜻이 아니라
생각에 걸림이 없이 평온한 상태라는 뜻입니다.

부산 을숙도 생태공원 에코센터에서 내려다본 풍경입니다.
나는 이곳에 설 때마다 평화롭다는 생각이 절로 듭니다.

한문식
스님, 주남에서 우포까지 동행하였던 한문식입니다.
도연 스님의 정원 구경 잘 하고 갑니다.

행주좌와 어묵동정

행주좌와 行住坐臥 어묵동정 語默動靜
앉으나 서나 당신 생각,
한결 같아야 합니다. 한결 같아야 뜻을 이룰 수 있습니다.

허영호 대원이 북극을 횡단할 때 신었던 신발입니다.

해제와 결제

수행자에게는 해제와 결제가 따로 있지 않습니다.
속세에 사는 사람들에게 해제가 있을 리 없는 것처럼 말입니다.
해제는 세상 속으로 들어가 흔들림이 없음을 공부하는 과정입니다.

장성조
오랜만에 들어와서 비밀의 정원을 이곳저곳 염탐하다가 돌아갑니다.
늘 건강하시고 수행에 진전이 있기를 빕니다.

듣는 것으로 만족하라

뻐꾸기, 검은등뻐꾸기, 붉은머리오목눈이(뱁새), 오목눈이, 딱새, 박새, 쇠박새, 곤줄박이, 붉은배새매, 청딱따구리, 오색딱따구리, 쇠딱따구리, 파랑새, 꾀꼬리, 소쩍새, 속독새, 때까치, 멧비둘기, 꿩, 유리새, 두견이, 호반새, 후투티, 직박구리, 되지빠귀, 호랑지빠귀, 흰눈섭황금새, 동고비, 노랑턱멧새, 물까치, 어치, 솔새 ······.

해마다 오뉴월이면 '나의 비밀의 정원'에서 우는 새들이고 나는 또 해마다 오뉴월이면 어김없이 그 이름들을 적어보는데 읽는 분들은 지겨울지 모르지만 나한테는 언제나 새롭고 반가운 손님이요 벗이다.
새들 울음소리만 들어도 솔깃하여 쌍안경을 찾거나 카메라를 챙겼는데 요즘은 시선 한 번 주지 않고 무심히 듣기만 한다. 관심을 가지면 십만 팔천 리로 달아나던 새들도 무심히 듣기만 하니 마치 '나 여기 있어요, 나 좀 봐주세요' 하듯 코앞에 와서 운다.

특히 골짜기로 가재를 잡으러오는 호반새가 그렇다. 호반새가 가재를 잡기 위해 날아오면 터줏대감 직박구리가 얼마나 귀찮게 구는지 도대체 모습을 보여주지 않던 호반새도 이럴 때면 '까치 좀 말려주세요' 하듯 나무 위에 앉아 옥구슬 굴러가는 소리로 운다.

이즈음을 밖에서 보낸 지난해와 달리 올해는 '나의 비밀의 정원'에서 신록을 만끽하며 보내고 있다.
새벽이 그렇고 이른 아침, 한낮, 해질 무렵, 밤중이 저마다 색깔이 다르고 냄새가 다르고 바람이 다르고 빛이 다르다.
이 고요한 변화를 나는 앉아서도 듣고 누워서도 듣고 포행을 하면서도 듣는다. 그러다가 불쑥 찾아든 낯선 방문객에게도 들어보기를 권한다.

방문객 중에는 순순히 나의 권유에 응하고 숲에서 들리는 소리에 귀를 기울이는 사람도 있지만 더러는 마치 관공서에서 호구조사를 나온 것처럼 경망스럽게 이것저것 꼬치꼬치 캐물어 고요히 듣는 분위기를 망치기도 한다.
전자의 경우에는 대개 올 때의 고단한 표정이 사라지고 맑은 표정으로 돌아가지만, 후자의 경우에는 아까운 시간만 빼앗겼다는 생각이 든다.

채소밭에 물을 주는데 뻐꾸기가 원두막 위 나뭇가지에 앉아 한참을 운다. 못 본 체하려다가 고개를 돌렸더니 이내 날아간다. 아직 공부가 덜 여물었다는 뜻이렷다.

낙동강변 공원에서 악사 한 사람이 연주를 하고 있다.
삼라만상이 청중이다.

사리

법당에 모셔진 부처님을 태우면 사리가 나올까?
객승이 너무 추워 도끼로 목불을 패 아궁이에 지폈답니다.
놀란 주지 스님이 몽둥이를 들고 달려왔습니다.
--이 미친 중아! 부처님을 아궁이에 넣다니!!
--사리가 나올까 해서지요!
--이놈이! 목불에서 무슨 사리가 나온다고!
--사리도 안 나오면 무슨 부처요!!
새겨 들어야 할 화두입니다.

계율을 스승 삼으라

계율을 스승 삼으라.
부처님께서 열반하실 때 제자들에게 이른 말입니다.
우리는 목적지를 지척에 두고 너무 먼 길을 돌아갑니다.

리아
스님의 글을 읽으면 마음이 정화되고 산새들의 모습이 머릿속에 그려집니다.

세상에 공짜는 없다

받으면 받은 만큼 줘야 하고 편하면 편한 만큼 빚을 지는 법입니다.
세상에 거저 얻어지는 건 없습니다.
한편으로는 '줘도 준 바 없다' 고 이릅니다.
무주상보시 無住相布施, 덕 德을 베풀고도 베풀었다는 상이 없는
최고의 보시를 말합니다.

친구 사이에 동기간에 도움을 주었는데 배은망덕하다 원망하고
욕을 합니다. 이렇게 되면 베푼 공덕까지 사라지게 됩니다.
빌려준 돈을 안 갚고 달아났으면 '그래, 가서 잘살기나 해라' 하고
빌거나 '나중에 형편이 풀리면 갚겠지' 해야 합니다.
속이 상하겠지만 욕을 하는 것보다는 현명한 생각일 것입니다.

누군가 불전을 얌전히 놓고 갔습니다.

일체유심조

일체유심조 一切唯心造
화엄경 華嚴經 의 중심 사상으로
일체의 모든 것은 마음이 빚어낸다, 마음에서 비롯된다는 뜻입니다.
또 일체의 모든 것은 마음 안에 있으니 마음 밖에서 찾지 말라고
이릅니다.

예인
초심을 잃지 않고 살아간다는 것이 참으로 어렵습니다. 늘 배우고 갑니다.

진신사리와 나폴레옹 이빨

석가모니 부처님께서는 열반하실 때
'너희 출가 수행자는 여래의 장례 같은 일에 나서지 말라'
하셨습니다.
얼마 전에 해외에서 나폴레옹의 '진짜 이빨' 이
2천만 원이라는 가격으로 수집가들에게 팔려나갔다고 합니다.
또 얼마 전에는
누군가 느닷없이 석가모니 부처님 '진실사리' 라는 손가락뼈를
무슨 경기장에 '모셔' 놓고 불자들더러 '친견하시라' 는
일이 벌어졌습니다.
달을 가리키는데 달은 안 보고 손가락만 보는 격입니다.

이미 다 알고 있다

초발심시 변정각 初發心時 便正覺
이미 그대는 다 알고 있는데 더 무엇을 배우려는가.
알고 있는 것을 모를 뿐이다.

한관조혜
귀의 삼 배 올립니다. 도서관에서 스님께서 쓰신 책과 만난 이후로 매일 비밀의 정원을 방문합니다.
청정한 수행자의 모습과 아름다운 글을 남겨주셔서 감사합니다.

비우고 비워야 가벼워집니다

비우고 비워야 가벼워집니다.
새는 높은 하늘을 날기 위해 뼛속까지 비웁니다.

然石/ 김흥덕
스님은 아마 전생에 두루미셨을 겁니다. ^^

색불 이공

없다고 없는 것도 아니고 있다고 있는 게 아니다.
살았다고 산 게 아니요 죽었다고 죽은 게 아니니라.
너는 죽었느냐 살았느냐, 네가 사는 이곳이 이승이냐 저승이냐,
어서 이르라.

이창국
스님의 글을 읽으면 세상을 살아가는데 꼭 필요한 법문을 듣는 느낌입니다.

무위자연

　불佛에서 저절로 법法이 나오고 법에서 저절로 승僧이 나온다. 저절로 그
렇게 되는 것인데 그것을 소위 무위자연이라 한다. 억지로 하는 것이 없고 다
절로 된다. 나무를 때면 불이 저절로 살아나는 것이고 불이 살아나면 저절로 내
가 난다. 하나님이 있으면 예수는 저절로 나오고 예수가 있으면 성령은 저절로
나온다. 무위자연이지 우리가 억지로 만들고 하는 것이 아니다. 저절로 되는 무
위자연의 세계다. ―김흥호 목사의 '화엄경 강해' 본문 중에서 옮겼습니다.

내가 이따금 강연회에서 성경 얘기를 곁들이면 기독교인들은 사뭇 긴장
합니다. 저 스님도 성경을 줄줄 외는데 이거 공부 열심히 해야지 안 되겠
다, 뭐 이런 뜻일 것입니다.

김흥호 목사님의 화엄경 강해를 오늘 받아들고 슬쩍슬쩍 들추어보니 곳
곳에서 성경 냄새도 솔솔 풍깁니다. 화엄경을 더러 읽어보았지만 이번
에 '목사님'이 번역한 화엄경을 보려는 것은 그분의 화엄경 철학, 나아
가 불교 철학은 어떤 것인지 엿보고 싶었던 것입니다. 마치 교회에서 설
교를 듣는 것 같은데 불교로 시작하여 기독교로 들어가나 싶더니 다시
불교로 되돌아옵니다. 일독을 권합니다.

해탈

--어떻게 해야 해탈하고 자유롭습니까?
--누가 그대를 가두었는가……?

이창국
초발심은 우리를 집착으로부터 자유롭게 할 수 있을 것 같습니다.
우리가 욕심을 낼 때 고통이 시작되는 것이겠지요.

걸림

세상이라는 바다에는 수많은 그물이
호시탐탐 그대를 노리고 있느니,
단 한 번의 걸림만으로도 목숨을 잃는다.
그대 부디 걸림이 없으라.

조희경
스님 처음 뵙습니다. 경남 창원입니다.
욕심이 늘 많은 것이 사람인데 …… 스님 말씀이 자신을 한 번 더 돌아보게 하네요.

수처작주

수처작주 隨處作主
어디에 있든 주인공을 놓치지 말고
본래 면목을 잊지 말라는 뜻입니다.
수행자라면 내가 누구인지
어디서 무엇을 하고 있는지를
빈틈없이 살펴보아야 할 것입니다.

강남태
스님께서 쓰신 글로 감동을 받다가 링크된 인터넷 화면을 통하여 뵈오니 영광이었습니다.
언제 기회가 되면 스님의 '비밀의 정원'에 한번 가 보고 싶습니다.

황새는 진득한 부처입니다

황새는 참 진득합니다.
명상을 하는지 우두커니 서 있는 황새를 보면
아메리카 인디언이 말을 타고 들판을 달리다가
문득 서서 뒤따라오는 자기의 영혼을 기다린다는 말이 생각납니다.
황새도 수행 중인가 봅니다.

수년 전 겨울 철원평야에서 이동 중인 황새를 잠깐 기록한 적이 있는데
철원에서 황새가 기록된 건 처음 있는 일이었습니다.
전라북도 무안에 황새가 나타났다는 소식을 듣고 달려갔습니다.
양어장을 오가며 먹이활동을 하던 황새를 위장텐트를 치고 나흘 동안
관찰했을 때 촬영한 사진입니다.

마음을 열고 보라

들어 보고
맛을 보고
냄새 맡고
만져 보고
느껴 보고
생각해 보고 …….
눈으로 보는 것만 보는 것이 아니다.
들어 보고 생각해 보고 느껴 보라.
내 영혼은 물론이고 내 이웃에게도 귀를 활짝 열어놓으라.

더불어 산다는 것은 이웃에게 귀를 기울이고 마음을 여는 일이다.

등 장사

--너는 제발 등 장사 좀 하지 마라.

스승께서 이르신 말씀이자 화두입니다.

초보두루미
"탁발(불전함)에만 의지하라. 목숨을 부지할 만큼만 입고 먹고 마시라. 그리고 목숨을 부지할 만큼만 가져라. 세상을 위해 쓰는 목적이 아니라면 소유하지 말라... 내 스승께서 이른 말씀이다."
그 스승님에 그 제자이십니다 …….

운수납자

얻어먹는 운수납자 雲水衲子 에게는 오두막도 과분합니다.
부처님 당시에는 수행자가 수행자의 토굴 처소의 크기를 12뼘으로 제한했습니다.
그런데 요즘 토굴 하나에 수천만 원 혹은 수억 원에 매매가 된다니
세상이 변한 건지 사람이 변한 건지 혼란스럽습니다.

임율택
기억하시나요. 스님 사진전에서 제게 '덜어내는 마음' 이란 글을 써주셨습니다.
해맑은 스님의 웃는 모습을 다시 뵙고 싶습니다.

달라면 내어주라

달라면 내어주라.
어차피 본래부터 내 것은 없었으니 달라면 내어주라.
매에게 몸을 내어주었던 부처님처럼,
겉옷을 달라고 하면 속옷까지 벗어주라고 한 예수님처럼 모두 내어주라.
보물이 있으면 나라에서 관리하도록 내어주고 금덩어리가 있으면
가난한 신도들에게 내어주라.
도둑이 탐낼 만한 물건을 절에 두지 않으면 될 것을
감시카메라에 경보기까지 설치하고서야 수행자가 잠을 이룰 수밖에 없다면
사하촌에서 비웃음 소리가 끊이지 않을 것입니다.

옛날 서민들의 초가집인데 사립문조차 없습니다.

행한다는 것은

행심반야바라밀다 行心般若波羅蜜
행 行 한다는 것은 걷는 일입니다. 누굴 시켜 걷는 게 아니라 내가 직접 걷고
실천한다는 뜻이지요. 즉, 마음의 눈을 활짝 열어 본질(지혜)의 철학을
올바로 깨닫고 깊고 오묘한 지혜를 실천한다는 뜻입니다.
평생 남의 소만 세고 있으면 본질을 놓쳐버리게 됩니다.

장성조
숲속 새 소리가 그립습니다. 지장산을 다시 찾아갈 수 있는 날이 있겠지요. 그 날이 빨리 왔으면 좋겠습니다.

공불이색

물속에는 물만 있는 게 아닙니다.
여행 중 강가에서 야영을 하는데
작은 물고기들이 무리지어 헤엄을 치고 있었습니다.
어두워서 잘 보이지 않았지만 식기를 물에 담그고서야
물고기들이 확연히 드러났습니다.

정은솔
스님! 처음 뵙습니다. 부산입니다. 스님께서 올려주신 많은 부처님들 정겹게 보았습니다.
스님 마음자리에 행복이 가득하시길 기원드립니다. 고맙습니다.

돌부처가 되라

하안거를 마치고 나온 수좌는 "글쎄, 두 시간 이상 버티고 앉아 있는 놈
은 나밖에 없다"고 자랑입니다. 그 말에 나는 "자랑할 거 없어요, 두루미
사진 찍는 우리 동네 김동규는 영하 20도의 한겨울에 카메라 들고 위장
막에 들어가면 최소한 반나절은 기본이에요"라고 이릅니다.

그 수좌, 올 겨울엔 틀림없이 내 위장텐트에서 하룻밤 보내겠다고 큰소
리를 쳐댑니다. 영하 20도를 오르내리는 위장텐트 속에서 그가 단 하룻
밤이라도 돌부처처럼 앉아 있을 수만 있다면, 어쩌면 지난날 그의 스무
번의 안거보다도 더 소중한 시간이 되어 그야말로 한소식 하게 될지도
모르는 일입니다.

출가

출가란 드넓은 대지로 나가는 길입니다.
높이 나는 새가 멀리 봅니다.

최영길
스님의 글 읽다보니 공감이 가면서 왠지 모를 서러움이 한꺼번에 몰려옵니다.
산다는 거 알고 보면 별 거 아닌데 혼자 온 하늘을 떠받치고 사는 듯합니다.

감투

얼마나 어렵게 깎은 머린데, 그 '거룩한 머리'에 다시 감투를 얹습니까.

문선희
스님께서 추운 겨울에도 컨테이너에서 생활하신다는 말씀을 들은 후
저도 항상 낮에는 불을 넣지 않습니다.

외로운가?

산에 홀로 살면 외롭지 않느냐는 질문을 받습니다.
수행자는 외로움을 극복해야만 홀로 설 수 있습니다.

육가
제 아우도 스님의 길을 걷고 있는데 추워지니까 걱정이 되네요.
도연 스님께서도 추위에 건강 조심하십시오.

탁발에만 의지하라

탁발(불전함)에만 의지하라.
목숨을 부지할 만큼만 입고 먹고 마시라.
그리고 목숨을 부지할 만큼만 가져라.
세상을 위해 쓰는 목적이 아니라면 소유하지 말라.
거룩한 스승께서 이르셨습니다.

항아
며칠 전 신문에서 스님의 기사를 읽었습니다. 가끔 찾아뵙겠습니다.

깨달은 이는

깨달은 이는 세상 속에 있으면서도
세상 속에 있지 않습니다.

최용진
성인은 저잣거리에 있다잖아요. 진정 수도자가 필요한 곳은 치열한 삶의 복판이 아닌가 합니다.
저도 한때 수도자의 길을 꿈꾸었어요 (카톨릭의…). 밥벌이 하고, 아기 키우고, 글 쓰고, 일상에 시달리고,
이렇게 복작대며 사는 것도 수행이다 싶습니다.

스님은 뭘 먹고 사나요?

느닷없이 동자보살이 와서 "스님은 뭘 먹고 사나요" 묻습니다.
부처님 팔아서 먹고 산다고는 차마 말할 수 없었습니다.

이동우
우리네 삶이 자유롭기를, 이라는 제목의 조선일보 기사를 읽고 왔습니다. 힘들여 찍으신 사진이 모두가 알
알이 제 마음에 와 닿아 한 번에 보기 아까워 조금만 보고 나머지는 두고두고 보려고 아껴두었습니다.

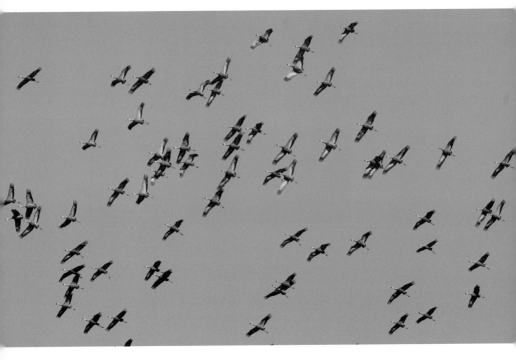

무위진인

무위진인 無位眞人 이란 도 道 가 출중 出衆 해서
어디에도 비길 데 없음을 말합니다.

새는 어디에도 걸림이 없는 무위진인입니다.

한소식

직업이 됐든 취미가 됐든 달인의 경지에 이르렀다면
이를 두고 일가一家를 이루었다고 하는데
바로 '한소식 했다' 는 뜻이기도 합니다.
나아가 '한소식 했다' 는 건 '깨달았다' 는 뜻으로
존경할 만한 사람 또는 거룩한 사람이 되었다는 말입니다.

인공둥지 속 박새가

인공둥지 속 박새가 무려 여덟 마리나 부화했는데,
내가 지은 어린 새들의 이름은 이러합니다.

나무참제업장보승장불
보광왕화염조불
일체향화자재력왕불
백억항하사 결정불
진위덕불
금강견강소복괴산불
보광월전묘음존왕불
환희장마니보적불
무진향승왕불
사자월불
환희장엄주왕불
제보당마니승광불

풀이하면,
두루두루 겸손하온 마음 공덕 계율 법행 불
한마음의 보배로서 따뜻이 관하시어 살피시는 불
일체 모든 향기롭고 따뜻하온 마음의 불
광대무변 크신 뜻을 결정하온 불
두루두루 위대하온 마음의 공덕 불
마음을 굳혀 세워 일체 모두 항복 받아 태산 같은 업장들을 멸하신 불
넓고 밝은 한마음의 묘법음 법존 불
밝고 기쁜 마음의 손길 닿지 않는 곳 없는 불
무변하고 두루한 마음의 향 갖추신 불
사무 사유에 밝으신 불
밝고 밝은 마음 중심 걸림 없는 불
한마음의 보배는 두루 걸림 없이 굴림이 여여한 불입니다.

풀인 것과 풀 아닌 것과

풀인 것과 풀 아닌 것과, 꽃인 것과 꽃 아닌 것과.
'잡초'를 뽑거나 붕붕이를 돌려 풀을 깎을 때마다
정말이지 풀 아닌 게 어디 있고 꽃 아닌 게 어디 있나 싶습니다.
풀을 뽑다보면 내가 애써 키우는 꽃도 풀에 휩쓸려 뽑혀지고
붕붕이를 돌리다보면 아차 싶은 순간에 꽃나무까지 잘려나갑니다.
한편으로는 꽃나무 옆에 바짝 붙어 자라는 잡초는 붕붕이의 무시무시한
칼날을 무사히 피해가기도 합니다.

풀이 됐든 사람이 됐든 꽃나무 옆에서 놀 일입니다.

와우각상

아침 숲을 누비는 달팽이.
느린 것 같아도 잠시 한눈을 파는 사이 한 뼘이나(?) 이동하니
가히 정중동 靜中動 입니다.
와우각상 蝸牛角上,
달팽이의 뿔 위라는 뜻으로, 세상이 좁음을 이르는 말입니다.

삶이 버거울 때나 교만할 때 달팽이 뿔을 생각할 일입니다.

삶이 번잡하고 고단할 때는

삶이 번잡하고 고단할 때는 고요한 바다에 나가볼 일입니다.
어떤 영화에서 택시 기사가 햇볕가리개에 시원한 바다 사진을 붙여놓고
고단할 때마다 들여다보며 시원한 바다를 연상하는 휴식 방법을 취하고
있었는데 참 좋은 방법이라고 생각합니다.

이종복. 유별.
안녕하세요... 첫인사입니다. 이른 아침에 친구와 전화하던 중에 머리가 무겁다고 하니까 이 사이트를 알려주었습니다. 스님 사진을 보니 맘이 편안해 지네요...

탁발은 얻는 게 아니라 나누는 행위입니다

정말이지 먹을 게 없어 탁발을 다닐 때가 있었습니다.
그러나 탁발의 의미는 사람을 만나는 데 있습니다.
부자, 가난한 사람, 병든 사람, 마음에 상처를 입은 사람,
좌절한 사람 등등 만나야 할 사람이 너무 많습니다.

탁발은 얻는 게 아니라 나누는 행위입니다.

김리영
오늘도 감사한 마음으로 기도 올립니다. 참 좋으신 말씀입니다. 많이 생각하고 갑니다!~

조고각하

사람은 자기의 눈 바른 것만 귀하게 여길 따름이지 막상 자기의
행실은 보려고 하지 않는다고 옛 어른들이 말씀하십니다.

조고각하 照顧脚下, 옷깃을 여미듯 발끝을 바로 보라는 뜻입니다.

닮고파
얼마 전부터 스님의 글이랑 사진 등을 보면서...
불교와 스님들에 대해 가지고 있던 예전의 이미지를 되찾게 되어 개인적으로 참 다행이다 싶습니다.

마음을 밝히는 공부

불교 공부는 마음을 밝히는 공부입니다.
자기 자신은 물론이고 가족과 친구와 이웃과의 관계가
마음에서 비롯되기 때문입니다.
심지어 이념과 종교도 마음에서 비롯됩니다.

이소리
스님의 아름다운 사진들을 보면 저도 사진을 찍고 싶어지네요. 이 세상 어디든 스님 발길 닿는 곳이 스님의 정원 (Secret Garden)일거란 생각이 듭니다. 아주 아름다운 ....^^

본래무일물이라

본래무일물 本來無一物 이라,
본래 한 물건도 없는데 어디에 티끌이 묻을 텐가.
좋다 좋다 다 좋다.

그물에 걸리지 않는 바람처럼, 어디 만행이라도 떠나볼까.

김대성
스님의 말씀을 들을 때마다 부질없는 욕심에 대해 반성합니다.
항상 이런저런 좋은 이야기로 공부할 수 있도록 해주셔서 감사합니다.

출신을 묻지 말고

출신을 묻지 말고 그가 어떻게 살고 있는가를 보라.
부처님께서 말씀하셨습니다.

이정은
불교 소식을 전체적으로 올려주는 메일에서 스님의 기사를 읽었습니다. 허락도 받지 않고 이렇게 몰래 와
서 보고 갑니다. 어제 군위에 있는 압곡사를 소중한 이와 같이 갔었는데 산새들의 지저귐에 잠시 극락에
갔다 온 것 같았습니다. 새 한 마리가 우리를 반기듯 앙상한 나뭇가지에 앉아 한참이나 저와 눈을 마주치
며 서로 바라보고 있었답니다. 그 묘한 기분, 아직까지 작고 보드라운 깃털을 가진 그 새와의 눈 마주침
이 환희로움이라니, 그 새와의 인연인지 이렇게 스님의 홈을 알게 되어서 부처님께 감사드립니다.

속이든 승이든

속 俗 이든 승 僧 이든 사람의 마음은
늘 '바람' 들게 마련이어서,
강화도 전등사 대웅전 추녀 끝에는
원숭이 조각상을 만들어 넣기도 했습니다.
원숭이처럼 안절부절 도망치는 마음을
다잡는다는 의미입니다.

지란지교
인연의 사슬에 묶여 자연이 될 수 없는 이 사람은 부러움만 안고 잠시 기웃거리다 나갑니다.

66

뒷산 골짜기에 올라가면

뒷산 골짜기에 올라가면 군데군데 수행자가 머물렀던 터가 있습니다.
그곳에 갈 때마다 이곳에 머물던 수행자는 무엇을 깨달았을까 궁금합니다.
문득 내가 이 세상에 없을 때 누군가 똑 같은 생각을 할지도 모릅니다.

강승귀
감중국과 티벳에 남아 있는 수행자들의 미이라는 모두 명상 끈을 허벅지와 목에 매고 죽었습니다. 마지막
한 호흡을 몰아서 깨달음을 얻고자 육신을 던진 것이지요. 평생 수행을 했는 데도 깨달음을 얻지 못했습니
다. 육신이 허물어져 가는 마지막 순간이라고 해서 수행에 대한 집념을 놓을 수 없다는 백척간두의 상황이
아니었을까요? 마지막 한 호흡까지 몰아서 화두를 풀겠다는 자세.....수행자의 참 모습이라고 보여집니다.

법에 의지하여 정진하라

부처님 가르침은 형상에 있지 않습니다.
부처님께서는 내 죽음(장례)에 대해 상관하지 말고 오로지
법에 의지하여 정진하라고 하셨습니다.

천진불

새들도 공부하러 가는 모양입니다.
그러나
새들이 인간에게서 배울 건 없을 것입니다.
새는 천진불 天眞佛 입니다.

수행자가 걸식하는 이유

'비구' 比丘 라는 뜻은 걸식 수행자를 말합니다.
수행자가 걸식하는 이유는
소유하지 않기 위해서입니다.

나상원
사람의 욕심은 끝이 없는가 봅니다. 옛날에는 그날 먹을 만큼만 챙겨왔는데 오늘 내가 이걸 갖지 않으면
남의 것이 된다는 아주 이기적인 욕심 때문이지요.

마음 지키기

마음 지키기가 어디 쉬운 일인가요.
변함없는 부처님의 미소처럼 말입니다.

푸성귀 파는 노 보살님은 부처님 미소를 가졌습니다.

하얀풍선
정말 아름다운 부모의 모습입니다. 스님께서 많은 가르침을 주시는군요.

부처님 법대로 살기

그저 각자 알아서 부처님 법식대로 살면 될 걸
경향 각지에서 모여 '부처님 법대로 살자' 고 결의를 했다고 합니다.

이경호
도연 스님 안녕하십니까? 2003년 7월 '제3회 남양주 전국 꽃사진공모전'에 출품한 작품을 접수접수하는
중에 정말 마음이 편안한 한 작품을 보고 "참으로 좋은 사진이다" 하고 생각한 것이 은상으로 입상됐더군
요. 이 작품을 출품한 작가는 누구일까 생각한 적이 있었습니다. 오늘 아침 신문에서 도연 스님의 기사를
본 후에야 스님이시며 또한 사진을 찍고 계시구나 알았습니다. 시상식 때 모습이 생각나서 자료를 뒤져보
니 지부의 어려운 사정을 잘 아셨는지 상금 중에서 일부를 저희 지부에 기탁하신 것이 생각납니다. 기탁하
신 기금은 정말 긴요하게 사용하였습니다. 어려운 법어나 미화된 문장을 사용하시지도 않으시고... 특히
일상의 인간들이 생각하고 느끼는 마음을 꾸밈없이 표현하여 좋았습니다.

어떤 구도자

어떤 구도자 求道者
자전거를 타고 부산 낙동강 구포다리를 건너는데
커다란 등짐 진 남자가 앞서 걷고 있습니다.
스스로 노숙자라고 자처하는 남자는 걸어다닌 지가
꽤 오래됐다고 합니다.
"얻어먹으려면 도회지가 낫지 않느냐"는 질문에
그저 웃기만 합니다.

셀 수 있는 먼지
겨울 동안거를 자전거 순례로 정하셨다니 염려됩니다. 아이들과 함께 새해 인사드립니다. 합장.

일일부작 일일부식

一日不作 一日不食
하루 일하지 않으면 하루 먹지 않는다.
옛날 선사들께서는 늘 이렇게 사셨습니다.

장은숙
새해 아침에 다대포 앞바다에 나가 일출을 보고... 소원을 빌었습니다.
남북통일이 되게 하소서... 굶주리는 사람이 없게 하소서... 모든 이들이 건강을 잃지 않게 하소서... 그리
고 행복한 한 해가 되게 하소서... 스님께서도... 건강하시고... 새해 복 많이 받으십시오...

귀가 순해지는 나이

이순 耳順 은 나이가 육십, 즉 귀가 순해지는 나이입니다.
누가 내 욕을 해도, 흉을 보아도, 칭찬을 들어도
--어? 그랬어? 그랬군,
하는 걸림 없는 나이를 말합니다.
결국 나이 60 까지는 온갖 마음고생을 겪으며 산다는 계산인데요,
마음 수행을 통해 나를 겸허히 내려놓으면
젊은 나이에도 걸림 없이 살 수 있답니다.

음식

수행자에게 재물과 맛난 음식은
날카로운 칼날 위의 꿀물과 같은 것입니다.
수행자에게 주어진 것은
밖을 향해 쓸 것들이지 수행자가 누릴 것은 아닙니다.

박종린
無心이 곧 道이니 무심해질 수만 있으면 일 마친 閑道人이 되는 것이지요.
어느 날에나 가능할 지 저는 아직도 분주하고 요란스럽기만 합니다.

76

끽다거!

끽다거 喫茶去!!!
산 속에서 길을 잃은 사람이 도인에게 길을 물었습니다.
"道가 무엇입니까?"
"끽다거!!"
길(道)은 저 아래 네가 사는 곳에서 찾아야지 왜 하릴없는 산에서 찾는가,
차나 한 잔 마시게,
차 한 잔 마시는 사소한 것에서 도가 시작됩니다.

도 닦는 사람들

만원 지하철에서 땀 냄새, 입 냄새, 방귀 냄새에 시달리며
일터로 향하는 사람들이야말로 진정한 도를 닦는 사람들입니다.

예인
시시각각으로 흔들리고 변하는 것이 저의 마음입니다. 무엇을 향해 달려가는 지도 망각한 채 고개 숙이고
달음질을 치다... 문득 고개를 들어보면 ..... 스님은 그냥 그곳에 계시더군요.

누가 갇혀 있는가

기차로 지하철로 버스로 돌아오는 길은 참 지루하다. 아니, 언제부터 이런 생각이 들었을까, 걸망 하나 메고 덜컹거리는 시외버스를 타고 목적지도 정하지 않은 채 무작정 나선 게 엊그제 같은데.

밤늦게 버스는 종점에 도착했다. 조금씩 내리던 비가 소나기로 변했다. 비 오는 날은 손님이 많아 마을에 세 대밖에 없는 택시가 언제 들어올지 모른데서 염치불구하고 퇴근해 쉬고 있을 철원 군청 문 계장께 전화를 넣어 '나 좀 데려다 주소' 민폐를 끼쳤다.

산에 도착하자마자 나는 다시 습관처럼 손전등을 들고 '나의 비밀의 정원'을 순찰한다. 지난해 가을, 씨가 떨어졌던 메밀은 군데군데 하얗게 절로 꽃을 피웠고 패랭이꽃도 만개했다. 이때쯤이면 한탄강 상류 남대천 둑에도 패랭이꽃 군락도 볼 만할 것이다.

이틀 걸러 사흘 걸러 치과에 가 부러진 이를 모두 제거했다. 먼저 빠져버린 두 개 말고도 네 개의 이가 철거되었다. 사랑니 한 개도 덤으로 퇴출시켰는데 내가 미련스럽게도 집게로 마구 괴롭혀 뿌리밖에 남지 않아 의외로 쉽게 빠졌다. 삐약이 시님이 '사랑니 모두 빼면 사랑 못 한대요' 겁(?)을 준다. 사랑하지 못함보다 사랑니처럼 쉽게 빠질 사랑을 더 염려해야 하리라.

치과 치료라는 게 얼마나 사람을 힘들게 하는 건지, 부러진 부분을 망치로 쳐댈 때 머리까지 통통 울리거나 들들 갈아댈 때의 불쾌한 느낌이나 뼈 타는 냄새는 그야말로 치를 떨게 만든다. 치과 치료를 받으면서 아아, 내 육신도 이렇게 시나브로 망가지고 있다는 서글픔이 육신의 아픔보다 더 깊이 마음을 훑는데, 병원 가기 싫어 떼쓰는 아이가 되어버린 나에게 치과로 어디로 매번 동행해준 이가 있어 큰 위로가 되었네.

거울을 들여다보고 바보처럼 헤헤 웃어보기도 하고 똑따기 디지털 카메라로 우스꽝스러운 모습을 찍어보기도 하다가 방송에서 학대받는 '바보 며느리'가 어째서 천사처럼 보이는지 문득 깨닫고 만다. 아아, 그녀는 이미 깨달았구나, 그래서 바보가 되었구나 천사가 되었구나. 그 눈물이 이 눈물인지 이 눈물이 그 눈물인지 눈물이 흐르네.

혼자 사는 수행자들, 간소한 공양을 준비하는 수행자의 뒷모습은 아름다운 건가 슬픈 건가. "수행이고 뭐고 공양이나 거르지 말고 제때 하소" 이르는데, '바보 며느리'가 자꾸 생각나는 까닭은 '바보 며느리'가 되어야 하기 때문일 것이다.

　오늘 날씨 참 지랄같이 좋다.
　내가 갇혀 있는 건가 새가 갇혀 있는 건가.

산에 오니 가을이 먼저 와 있었네

오늘 내내 비가 내렸다. 바쁠 것도 없으면서 중간에 하루를 묵었을 뿐인데 마음은 연신 안달이다. 물씬 한기가 느껴진다. 비 때문이려니 했지만 귀뚜라미 울음소리가 간헐적으로 들리는 걸로 보아 가을이 왔음이 분명하다.

가랑비 속에서 제일 먼저 패랭이꽃이 반긴다. 해마다 풍성한 꽃을 피우는 패랭이꽃은 한탄강 상류 남대천이 고향이다. 비옥한 '나의 비밀의 정원'에서는 여름철이 한창이지만 거름기 하나 없는 척박한 자갈밭에 사는 녀석은 여름이 다 지난 지금이 한창이다. 국화도 노랗게 피기 시작했다. 벌개미취꽃도 만개했다. 나비들이 특히 좋아하는 청색 벌개미취꽃 사이로 군데군데 하얀 메밀꽃도 어우러지게 피었다.

바깥생활에서 돌아오면 진정하는 데 시간이 필요하다. 책이나 붓을 드는 것도 시간이 걸린다. 진정되지 않은 마음으로 괜히 욕심을 부리면 집었던 책이나 붓이 오래가지 않고 금방 지루하다. 그럴 때는 원두막에 앉아 조용히 명상에 들거나 차를 마시며 들떴던 몸과 마음을 진정시킨다.

지난해 이맘 때쯤 창문에 매달려 방안을 엿보던 여치보살도 여전하고 먼 숲에서 소쩍새 우는 소리도 여전한데, 그대도 여전하신가.

명일 스님
여전하시군요. 배추밭에서 고추밭에서 저녁나절을 보내는데 끼룩끼룩 철새들이 돌아오네요.
문득 스님 생각이 났습니다.

벌써 겨울이 왔나 보다

지난밤에는 전기장판까지 켜고 두툼한 이불을 덥고 잤는데도 밤새 으실
으실 춥다. 몸살이 나려나? 몸살이 나게도 생겼지, 몸살 날 때도 됐지,
그렇게 짤짤 싸돌아다니니 몸살 안 나고 배기나…… 밤새 이런 생각,
아, 그러나 다행스럽게도 몸살은 아니다. 새벽 바깥 기온이 영상 5도로
뚝 떨어진 때문이다. 그냥 영상 5도가 아니라 조금만 더 내려가면 빙점
이다. 따뜻한 겨울철 기온이나 다름없다. 서둘러 겨울 스웨터를 꺼내 입
고 털모자까지 찾아 썼다. 아침 공양을 앉히는데 손까지 시리다.

귀뚜라미 우는 소리도 가물가물하다. 기력이 떨어진 귀뚜라미 우는 소
리는 참 슬프다. 벌써부터 따뜻한 불빛을 보고 몰려든 여치와 사슴벌레
와 길앞잡이와 나방들이 방충망에 달라붙어 열반에 들었다. 그래서 끊
어질 듯 이어지는 풀벌레 우는 소리를 들으면 마치 그들의 임종을 지척
에서 지켜보는 것처럼 슬픈 것이다.

어머니 산소에 심어드렸다가 나의 비밀의 정원에 옮겨와 번식시키고,
내가 '어머니의 꽃'이라 명명한 노란 국화도 군데군데 피기 시작했다.
노란 국화를 볼 때마다 어머니 생각이 나니 옮겨오길 잘했지 싶다. 마치
어머니의 유품과도 같은 국화는 어쩌면 한 조각 어머니의 영혼이라도
묻어와 어머니가 나를 지켜보거나 아니면 내가 어머니를 바라보듯, 나
는 국화가 필 때마다 어머니와 교감을 하는 것이다.

한란
도연 스님. 돌아가신 어머니는 여러 모습으로 나를 보러 오시나 봅니다.
요즘 나의 어머니는 바람 소리로 우리 집을 둘러보신답니다.

팔순 노모님을 모시고 사는 바보 스님은 이 겨울을 어떻게 나시는지, 비록 머리 자르고 출가한 몸이지만 속가의 노모님을 잘 모셔다가 온전히 '회향' 시켜 드리는 것만으로도 커다란 수행이자 세상의 귀감이 될 만한 일이지, 아무렴 그렇지. 기왕이면 부처님 모시는 방보다 더 따뜻하고 안락한 방을 노모님께 드리는 게 좋을 듯하다. 부처님 모시는 일이 딴 데 있는 게 아니므로.

앞마당에 활련화며 백일홍이며 채송화며 다알리아 따위를 가꾸었던 어머니가 나의 비밀의 정원에 철철이 흐드러지게 피는 꽃을 본다면 얼마나 좋아할까 생각하다가, 당신의 어머니 얼굴조차 가물가물했을, 내가 정말 예뻐하는 삐야기 스님에겐 나의 이런 생각이 사치스런 일이겠다 싶어 미안하다.

　분명히 두런두런 인기척이 들렸는데 아무도 없네.
　아하, 밥 다 됐다고 전기밥솥이 말하는 거였구나.

엄주영
며칠 전 물어물어 '비밀의 정원'을 찾았습니다. 주인이 없으면 어떻습니까?
내가 주인인 걸요. 부처님 오신 날 나무를 심으셨다니 이 나무들이 무럭무럭 자라 쉼터가 되면
주인은 없더라도 객들이 쉬어가면 좋을 거라는 생각을 해봅니다. 낡은 의자가 옆에 있으면 더 좋겠죠.

(엄주영 님은 이 글을 남긴 얼마 후, 나의 전시장에서 작품 한 점을 예약하곤 전시회가 끝나기도
전에 갑자기 돌아올 수 없는 먼 길을 떠나셨다. 나는 그가 예약한 작품을 그의 영전에 놓아드렸다.)

본디 순진함을 잃지 마시게나

자전거를 타고 모모 스님한테 갔더니 부재중이다. 우두커니 기다리기도 뭣해 운동 삼아 뒷산 골짜기로 난 길로 들어섰다. 자동차 한 대가 겨우 다닐 만큼의 비포장 좁은 길을 따라 한참 오른 끝에 별로 훌륭해 보이지 않는 쓸쓸한 부도탑 하나를 만난다. 모월 모일 이곳에서 공부하다가 이 승을 떠난 어떤 수행자의 부도탑이라고 새겨져 있다. 바위를 뚫어 만든 토굴도 있다. 가로세로 2미터쯤에 깊이 7미터쯤의 바위굴이었는데 꽤 오랫동안 방치된 듯싶다. 텅 빈 뜰을 서성이며 수행자는 이 깊은 숲 바위 굴에서 무엇을 위해 기도하고 무엇을 깨달았을까 상념에 젖는다.

모모 스님이 많이 거칠어졌다. 참 순진하여 내가 좋아했던 스님인데 많이 거칠어진 건 순전히 다른 스님들과 어울린 탓이다. 그래서 절 살림에 밝아졌고 여느 스님네들 어투까지 닮으며 세속화(?)된 것이다. 어떤 날 한 남자가 문을 열더니 '할렐루야!' 외쳐대 불끈 화가 치솟더라고 한다. 또 어떤 날은 '스님 같지 않은 스님'이 찾아와 반말지거리를 해 쫓아냈 다고도 하고 어딜 갔더니 뭐가 어떻고 저떻고, 하여튼 말씀이 거칠기 짝 이 없다. 중 생활 10년에 열 번은 더 시험에 걸렸으리라.

부처님께서 스님 공부가 어떤지 변신을 하고 나타나 시험하는 걸 모르 고 말려드는 것이다. 무소의 뿔처럼 혼자 진득이 공부해야지, 여기저기 쓸데없이 이런저런 스님네들 만나러 다니면 공부에 도움은커녕 오히려 방해만 된다. 뭐, 이렇게 일러주었다.

애들아 미안하다

세상이 무섭다. 세상 나무랄 것 없다. 세상이 무슨 죈가. 세상은 늘 그대로인데 인간이 문제다.

날이 풀리자 나는 밀림 칼을 제법 비장하게 비껴들고 뒷산으로 향했다. 다래덩굴을 자르기 위해서다. 팔목 굵기만 한 다래덩굴은 소나무며 참나무를 가리지 않고 감고 올라가 마침내는 나무를 말려 죽인다. 무성한 다래덩굴은 굵기가 한 아름이나 되는 커다란 소나무를 감고 올라가 고사시킨 적도 있다. 칡덩굴 역시 커다란 나무를 감고 올라가 무성하게 번식하면서 태양빛을 차단하여 나무를 고사시킨다. 은혜를 모르는 넝쿨식물이다.

주변 나무를 감고 올라가 생육하는 덩굴식물로는 나팔꽃, 으아리, 인동, 청사초롱, 새콩, 더덕, 담쟁이, 능소화 등이 있는데 담쟁이와 능소화를 제외하면 나무에게 크게 위협적인 존재는 되지 않는다.

내가 다래덩굴을 자르는 이유는 또 있다. 사람들이 다래열매를 따기 위해 다래나무가 감고 올라간 나무를 톱으로 베어 넘어뜨리기 때문이다. 사람 입장에서 본다면 어차피 죽을 나무라고 여기겠지만 베어지는 나무는 얼마나 억울하겠는가. 다래덩굴 입장에서도 억울한 일이기는 마찬가지겠지만 참나무, 밤나무, 소나무가 저 혼자 자라지 어디 다른 나무를 해치며 자라는가. 하기야 나무들도 화학물질을 내뿜어 주변 나무의 성장을 방해하기도 한다지만 팔뚝 굵기의 다래덩굴이 나무를 감고 올라가는 것에 비하면 애교스러운 일이다.

한 가족 네 명을 잔인하게 죽여 암매장한 사건이 일어나더니 기어이 실종된 두 어린이 중 한 어린이가 역시 잔인하게 살해되어 암매장된 채 발견되었다. 경악을 금치 못할 끔찍한 일이다. 최근 빈번하게 일어나는 끔찍한 사건들, 특히 해맑은 어린이가 희생되는(어른들에 의해) 사건을 접하면서 나는 수행자의 한 사람으로서 또 어른의 한 사람으로서 책임을 통감한다.

이번 봄에도 나의 인공새둥지 만들기가 시작되었다. 수년째 계속되는 나의 '봄맞이 행사'인 셈인데 더러는 내가 사는 주변에 걸기도 하고 더러는 학교에 더러는 군부대에 걸어준다. 아이들이나 병사들이 인공새둥지에 새들이 드나들거나 어린 새를 키우는 장면을 보며 친구관계나 전우애, 나아가서는 인간관계 또는 인간의 존엄성 등을 새삼 깨닫게 되지 않을까 하는 이유에서다.

틈틈이 새와 들꽃을 촬영하여 인터넷을 통해 사람들에게 보여주는 것도 목탁을 대신하는 일이다. 눈여겨보지 않았던 새 한 마리와 들꽃 한 송이가 사람들에게 기쁨을 주고 희망을 주기도 하고 위로가 될 때 부처가 따로 없음을 실감한다.

정명섭 시인
연꽃 핀 날 / 도연암에 갔습니다. / 도연 스님은 낡은 컨테이너 하나에 / 도연암이라고 판 조그만 나무문패를 걸어놓았지요. / 가슴이 뭉클했습니다. / 스님은 홀로 연꽃처럼 살고 있습니다. / 황무지 땅을 손수 개간하느라 손은 터지고 짓무르고, / 그래도 스님은 그 손으로 향기로운 차를 정겹게 달여 냅니다. / 스님, 연꽃이 피었습니다.

자연스럽다는 말. 우리는 '자연스럽다'는 말을 자주 쓰면서도 '자연스럽다'는 의미를 건성으로 말하고 듣고 흘린다. 자연은 자연 그대로 두는 게 자연스러운 법이다. 의욕만 앞서 뭘 자꾸 건드리고 바꾸는 것은 자연스러움에 역행하는 일이다. 잘못 먹은 마음은 돌이키면 그 자리로 다시 돌아올 수 있지만 자연은 한 번 건드리면 복구가 거의 불가능하다.

우리나라는 물 부족국가로 분류됐다고 한다. 강물을 그냥 떠다먹을 때가 엊그젠데 물 부족국가라니 여러분은 믿겨지는가. 기후의 변화가 원인일 수도 있겠지만 더 큰 원인은 우리 인간에게 있다. 산허리가 끊어지고 숲이 망가지고 논이 메워져 비가 내리면 물을 잡아둘 역할이 사라지는 것이다. 밟고 다니는 땅은 아스팔트와 시멘트로 덮여 내린 빗물이 땅으로 스며들 틈 없이 하천으로 흘러가버린다. 한꺼번에 많은 물이 하천으로 강으로 흐르다보니 해마다 홍수가 끊이지 않을 수밖에 더 있겠는가.

모든 도로를 직선으로 닦아야 직성이 풀리나보다. 자동차로 도로를 달리면서 나는 너무 지루하다. 구불구불 강을 건너고 내를 건너고 산허리를 돌아가는 낭만이 없다. 시간이 아깝고 기름 값이 아까워 사람들은 굽은 길을 펴고 돌아가는 길은 산을 헐고 굴을 뚫는다. 자동차의 속도는 엄청나게 빨라졌다. 구불구불 돌아가는 낭만이 없다면 사람들의 마음도 바쁘고 격해질 수밖에 없다. 나는 세상 사람들의 마음이 각박해지고 살기가 척박해지고 범죄율이 늘어나는 이유를 엉뚱하게도 잘 닦여진(?) 도로에서도 찾아본다.

황병철
집에 풍란을 몇 포기 기르는데요. 손님이 오면 향을 풍기다가 손님이 가면 향을 풍기지 않더라구요...

한반도를 가로지르는 운하는 또 웬 말인가. 내가 자전거로 철원에서 부산까지 닷새면 도착하는 손바닥만한 나라에서 '대운하'는 무슨 망발인가. 외국에서도 삼면이 바다인 좁은 나라에서 웬 운하냐고 한다는데 낙동강에서 한강까지 강변은 모조리 시멘트 범벅을 해야 하고, 문경새재는 20km 넘게 터널을 뚫어야 하고, 배가 한 번 지나가면 흙탕물이 일어 물고기도 새도 살 수 없고 인간은 그 물을 먹고 마실 수도 없는데, 뭘 한참 모르는 사람들은 자기네 동네에 화물터미널을 기필코 유치하겠다고 목에 핏대를 세우며 현수막까지 내걸었다. 사람들이 미치지 않았다면 저럴 수 있을까, 나만 그런 생각이 드는 걸까.

여울이 있어야 물고기도 있고 새도 있고 사람도 있다. '운하백지화 종교인 걷기 순례단'이 팔당댐 밑에 이르렀을 때 거기엔 수백 마리씩의 물새, 즉, 고방오리, 고니, 흰뺨검둥오리, 비오리, 쇠오리, 청둥오리 등이 먹이활동을 하며 쉬고 있었다. 아름다운 광경이다. 팔당댐 위의 사정은 어떨까. 팔당댐 위쪽은 툰드라 지대를 방불케 한다. 얼음이 두껍게 얼어 고요하다. 새도 사람도 눈을 씻고 봐도 찾을 수 없다. 죽음의 강이다. 삭막하여 숨이 막힐 지경이다. 운하가 들어서고 댐이 여럿 만들어지면 강은 이처럼 죽음의 강이 될 게 뻔하다.

구불구불 천천히 달리는 길에서 낭만을 읽고 사람들의 마음도 느릿하게 변하고 평화를 찾듯, 강도 구불구불, 깊은 곳도 있고 얕은 곳도 있고 여울도 있어야 강으로서의 역할을 하며 사람들에게도 평화를 줄 수가 있을 것이다. 부산에서 서울까지 자동차로 한 나절이면 닿는 거리를 닷새씩 넘게 걸려 배를 타고 온다는 것은 아무래도 잘못됐다. 물은 물이요 산은 산이다. 부모는 부모일 수밖에 없고 남편은 남편일 수밖에 없고 아내는 아내일 수밖에 없고 자식은 자식일 수밖에 없다. 이것이 진리다. 강은 강이요 청계천은 청계천일 뿐이다.

남을 휘감고 올라가 저만 살겠다는, 맑고 아름다운 영혼을 잡아다가 도
륙하는 사회가 어디에서 비롯되는지 우리는 곰곰 생각해야 할 것이다.
그게 참선이다. 수행자에게 깨달음이란 무엇일까. 뭘 도통하겠다는 걸
까. 아니면 공중부양이라도 하겠다는 걸까. 남의 마음을 꿰뚫어 보겠다
는 걸까. 그저 제 한 몸 진흙에 물들지 않기만을 소원하는 게, 세상 꼴 보
기 싫으니 나만 고요하고 편하게 살면 되는 걸까.

절이나 훌륭하게(?) 지어 중 된 몸으로 부귀영화를 누릴 생각은 혹시 아
니었는가…? 수행자들은 산을 떠나 탁발하는 게 마땅하다. 산은 부처님
혼자서 지켜도 충분하다. 탁발의 의미는 저잣거리에 나아가 중생과 함께
기뻐하고 슬퍼하고 위로하는, 희로애락을 같이 하는 데 있다. 그래서 부
처님도 매일 탁발을 나가지 않았던가. 설마 부처님이 밥을 얻어먹으러
저잣거리로 나갔겠는가…? 천진불, 희생당한 세상의 모든 아이들을 위
해 기도한다.
　애들아 미안하구나.

lee.ㅇ.ㅅ.
이상하지요. 스님이 고생하시는 게 낭만적으로만 느껴질까요? 푼수 없는 제 마음 때문에 그렇게 느껴지는
거겠지요. 그래도 우아하게 배고픈 거 낭만적인 거 아닌까요?^^ 스님께서 지천으로 널린 자유를 즐기시는
것 같기도 하구, 하긴 자유도 용기 있는 자만이 얻을 수 있다는 생각이 드네요. 그런데 우리는 왜 그 많은
자유를 누리지 못하는 건지…… 슬쩍 스님 사시는 모습을 염탐해서 저도 배워보려구요. 자유를 즐기는 용
기를…

새들과 꽃들과 하늘과 아름답게 사시는 스님이 정말 부자시라는 생각이 드네요. 부자는 아무나 되는 게
아니지요. 커다란 용기가 있어야만 되겠지요. 그리고 스님 저를 위해서 기도해주세요. 포기하고 또 포기하
면서 사는 지혜를 배우게 해주라고요. 탐욕이 저를 힘들게 하면 안 되니까요. 저도 스님의 기도에 동참할
께요. 무지하게 사랑하는 부처님! 언제나 제 기도를 단박에 들으시는 부처님! 스님의 기도가 이루어 지게
하소서…

인연 因緣

예전부터 수행자는 한 곳에 오래 머무는 것을 경계했다. 한 곳에 오래 안주하다 보면 유정물이든 무정물이든 이렇게저렇게 인연을 맺기 마련이고 그 인연과 쉽게 결별하지 못해서다.

암자까지, 암자를 지나 뒷산으로 이어진 자동차 길은 사실 끊어진 지 오래다. 맘만 먹으면 굴삭기를 불러 길을 닦을 수도 있지만 사람들이 자동차를 몰고 막무가내로 드나드는 게 싫어 그러지 못하고 있다. 하필이면 골짜기까지 와서 버리고 간 쓰레기며 고기 구워먹은 후 팽개치고 간 석쇠와 부탄가스통, 약재로 쓰는 나무를 인정사정없이 잘라가는 모지락스러운 사람들의 행위가 눈에 거슬리는 것도 한 곳에 오래 안주함으로써 생긴 가슴앓이였다.

그런데 요즘 주변 사람들이 길을 새로 내겠대서 나는 길이 끊기기 전의 상황이 재현될 게 또 걱정인 것이다. 사람들 오가는 것도 모른 체할 수 없는 일이다. 혼자 살다보니 일일이 대면할 수밖에 없고 그러다보면 속된 말로 '안면을 트고' 지내게 돼 다음에 오면 차라도 한 잔 나누어야 하고 차를 나누다보면 사람 사는 얘기, 세상 돌아가는 얘기, 사느라 버거운 얘기 따위를 들어줘야 하고, 또 그러다보면 시나브로 인연을 맺게 되어 오가는 발길도 잦아져 번잡스럽기 짝이 없다. 그렇다고 세상과 단절하고 산 속에서 홀로 사는 것도 출가의 본질은 아니지만.

나와 교통하고 있는 숲 속 새들과의 인연도 단순하지 않다. 여름 번식철 알에서 태어날 때부터 인연을 맺는 녀석도 있고 숲 속 깊은 곳에서 살다가 먹이를 얻어먹으러 내려오면서부터 인연을 맺는 녀석들도 있는데, 특히 먹이가 궁한 겨울철에는 새가 마음에 걸려 여러 날 외출은 못한다. 아침마다 먹이를 챙겨주는 것도 그렇지만 내가 보이지 않으면 매 따위의 맹금류가 출몰하기 때문에 새들이 혼비백산, 먹이 먹는 걸 포기하고 숲으로 숨어버리기 때문이다.

오늘 아침 기온이 영하 15도, 새벽 기온은 영하 20도까지 내려갔다. 추위가 계속되면 새들은 얼어 죽기까지 한다. 애초에 먹이를 주지 않았으면 모를까 밤새 추위에 떤 새들이 삼삼오오 약속이나 한 듯 먹이를 먹으러 오는 걸 못 본 체할 수는 없는 일이다.

사실 새들에게 먹이를 공급하는 일이 새를 가까이에서 보려는, 새들과 친해보려는 이기적인 마음에서 비롯됐다는 것을 부정할 수는 없다. 숲 속에 사는 새이니 제 알아서 먹고 살면 될 걸, 산에 오는 사람들이 사람에게 부침부침 다가오는 새들을 보고 기뻐하고 위로 받는다는 것도 어쩌면 핑계일지도 모른다. 내가 가꾸는 나무와 풀과 꽃도 마찬가지.

어딜 가면 가끔, "스님은 어디 사시나요, 어디서 오셨나요?" 묻는 말에 '집도 절도 없다'고 말하는 까닭이 이리저리 얽인 인연을 어서 끊어야지 하는 속마음이 표출된 건 아닐까 몰라, 그러지도 못하면서 말이다.

그러나 한 곳에 마음 붙이고 오래 살 필요가 없지는 않다. 오래 전 맺은 '인연'이 삶의 버거운 무게를 지고 찾아왔을 때 한 곳에 오래 산 보람을 느끼기 때문이다. 잊었다 싶으면 찾아오는 사람도 있고 한때 힘들었다가 이제는 살 만해져서 찾아오는 사람도 있고 지나가다가 그저 잘살고 있는가 들르기도 해, 고단한 수행자에게도 한 곳에 오래 사는 삶이 희망이 되기도 한다. 편안한 숙소를 마다하고 궁색한 나의 컨테이너 방에서 잠을 청하는 사람들에게서 나는 평화를 읽는다.

—스님, 추운데 올 겨울은 따뜻한 데 와서 좀 지내세요.
—아이고, 새들 때문에 안 돼요, 먼 데서 애쓰고 찾아오는 사람은 어쩌라구요….

안팎으로 이런저런 인연이 다소 복잡하겠지만 하여튼 '아직은' 내 사는 방식에서 나는 보람을 느끼고 즐겁다. 창가에 앉아 반짝반짝 눈망울을 굴리며 아는 체를 하는 새들은 결코 낯선 영혼은 아닐 것이다. 나와 오랜 인연을 맺은 영혼일지도 모르고 과거 현재 미래의 부처일지도 모르는 일이다.

벨리나
매서운 추위에 스님은 새들 걱정.

자전거 타기 좋은 날씨네

자전거가 하나 새로 생겼다. 제주도 탁발 여행 때 헌 자전거를 구해 타고 다녔었다. 그걸 되팔지 못하고 비행기로 트럭으로 운반하여 가져 온 후 열흘 동안 탁발을 다니며 맞닥뜨린 아름다운 인연들을 떠올리곤 했었는데, 굳이 달라는 사람이 있어 줘 버린 후 처음 타는 자전거다. 순전히 '다리운동용'으로만 암자 근처에서 '슬슬' 타다가 우유를 사러 아이들처럼 신나게 다녀왔더니 다리가 뻐근하다. 우유를 사러 다녀오는 거리는 왕복 8km쯤. '우유 사러가기'로는 가까운 거리가 아니다.

오르막이 있으면 내리막도 있다는 사소할 것도 같은 진리를 오랜만에 자전거를 타면서 새삼 느낀다. 힘들게 오르지만 '추락하는 것은 날개가 없다'고 하듯 내려오는 길은 쏜살같다는 뜻일 수도 있고, 힘들게 오르는 길 내려올 때 조심하라는 뜻일 수도 있고, 부귀와 명예는 정상에서의 잠깐 순간이므로 누구나 거기 오래 머물 수 없다는 뜻일 수도 있겠다. 나이를 먹는 것도 그렇다고 하지 않는가. 50세까지는 언덕길을 오르는 것처럼 어렵사리 왔는데 그 후 세월이 얼마나 빠른지 금방 60이 되고 70이 된다고 한다. 그러고 보면 내리막길을 씽씽 달릴 일이 아니라 브레이크를 잡으면서 속도를 늦출 필요가 있다. 그래야 시야가 넓어진다. 속도가 빠르면 시야가 좁아져 사물을 제대로 못 볼 수가 있으므로.

부엉이
ㅎㅎㅎ 스님, 자전거 살방살방 타시소~~~~

잘 보면 보인다

우후죽순이라더니 비온 뒤 풀 자라는 건 정말 못 말린다.

이른 아침 선선할 때 풀 좀 깎으려니 기계가 말을 안 듣는다. 시동이 걸리지 않는 것이다. 플러그를 사다 교환하는 등 별짓 다해 봐도 푸드득거릴 뿐 도대체 뭐가 문제인지 알 수가 없다. 고치는 델 다녀올까 하다가 무식하면 용감하다나, 나는 기어이 용감하게 분해해보기로 작정했다. 하필이면 응달 놔두고 뙤약볕이람. 기화기를 뜯어놓고 카메라 먼지 터는 뽁뽁이를 가져다 뽁뽁 불어대고 조립을 마쳤는데도 감감 무소식이다. 다시 뜯어 뽁뽁이를 이리저리 불어대보니 아하, 기화기 안에 연료구멍이 막힌 것으로 짐작되는 것이다. 바늘로 뚫으면 되겠다 싶어 바늘을 가져다 들이밀어 보았지만 작은 바늘인데도 들어가지를 않는다.

'삐삐선'이라 부르는 군용 전화선 철사가 있으면 좋으련만 개똥도 약에 쓰려면 없다더니 저 아래 훈련장 어디서 보긴 봤는데 갑자기 찾으려니 쉽게 찾아지지 않는다. 할 수 없이 일반 전화선 피복을 벗겨 뙤약볕에 땀을 한바가지는 흘리고서야 가까스로 구멍을 내는 데 성공하고 조립을 마쳤다. 이번에도 시동이 걸리지 않으면 이놈의 기계를 망치로 부숴버리리라 공갈을 쳐대며 힘차게 시동 거는 줄을 당기니 기계가 겁을 먹었는지 어쨌는지 요란한 폭발음을 내며 돌아가기 시작했다.

기계를 고치느라 선선한 시간을 다 놓치고 아침 기도시간이 임박해서야 오르락내리락 말끔히 깎을 수 있었다. 무럭무럭 잘도 자라는 풀을 볼 때마다 제초제를 치고 싶은 유혹을 떨치기 힘든데 약을 쳐 누렇게 죽은 풀을 보는 것보다 이발을 한 것처럼 말끔한 걸 보면 약 치지 않기를 백 번 잘했다 싶은 것이다.

어떤 분이 꽤 괜찮은 회사에서 일하고 있는데 별 거 아닌 오해 때문에 그 야말로 '짤리게' 되었다고 하소연이다. 나는 잘못한 게 '별로' 없는 거 같으니 분명 다른 데 이유가 있을 거라고 한다. 사람들은 이렇게 안에서 놓친 걸 자꾸 밖에서 찾는다. 내가 "뭔가 걸림이 있을 것입니다. 찬찬히 한 번 살펴보시지요" 하고 말해주면 피식 웃는다. 그런 거 말고 속 시원한 비방을 말해달라는 뜻이다. 비방을 써서 일이 제대로 된다면야 세상에 불가능한 일이 어디 있을까.

불경에는 '발끝을 바로 보라'고 이른다. 거기 진리가 있다는 말씀이다. 내 안에 있는 불필요한 것들을 하나씩 하나씩 밖으로 들어내 보면 한구석에 우두커니 앉아 있는 '무엇인가'를 발견할 것이다. 가부좌를 틀고 허리를 곧게 펴고 앉아 들숨과 날숨을 들여다보거나 세는 것만으로도 내 안의 어떤 것, 내 안의 또 다른 나를 볼 수 있을 것이다. 류시화는 '내 안에서 나를 흔드는 이여, 그대가 곁에 있어도 나는 그대가 그립다'고 노래했다. 알 수 없는 그대는 바로 '진리'를 말한다. 진리라고 하니까 어렵게 생각이 들 수 있는데 어려울 거 하나 없다. 본래의 모습이라고 이해하면 될 것이다. 어려운가? 그렇다면 쉽게 하자. —내가 잘못한 게 뭘까, 생각하면 된다. 그걸 깨달았을 때 모든 건 풀리게 마련이다.

내가 뙤약볕에 앉아 아침 내내 붕붕이 기계를 들여다본 것처럼.

도현 스님
高嶽峩巖은 智人所居요 碧松深谷은 行者所捿니라.
높은 산 험한 바위는 지혜 있는 이가 거처할 곳이요. 푸른 솔 깊은 골짜기는 수행하는 이가 깃들 곳이니라.

꽃밭에서 한나절

—섬에서 만난 고라니라니.
—섬에 사는 고라니가 어때서요?
—고라니를 섬에서 만나니까 생뚱맞다는 뜻이지,

가덕도 섬에 고라니가 어떻게 살게 되었을까, 바다를 헤엄쳐 건너온 걸까, 아니면 태곳적부터 섬에 살고 있던 녀석일까. 창원 사는 윤창훈 님과 나는 유자나무 밑에서 우리가 보거나 말거나 뭔가를 열심히 먹고 있는 고라니를 보는 중이다. 평화롭게 먹이활동을 하는 고라니를 본 게 군사 분계선 철조망 안쪽에서였기에 섬에서, 그것도 바로 코앞에서 태연하게 먹이를 먹고 있는 고라니와 맞대면을 하고 있으니 생뚱맞은 거였다.

고라니도 이미 출항한 배를 되돌리는 아름다운 마음을 가진 섬마을 사람들을 닮은 걸까. 고라니는 뭍에서 오른 낯선 이방인을 맘씨 좋은 섬마을 사람으로 착각했을지도 모른다. 들판에서였다면 고라니는 인기척을 듣자마자 껑충껑충 달아나기부터 했을 테니 말이다. 그때서야 곳곳에 고라니의 피해를 막기 위해 채소밭에 쳐놓은 그물망이 눈에 들어온다. 그물망이 민가에 바짝 붙어 있는 텃밭에까지 둘러쳐 있는 걸 보면 섬마을 사람들이 농사짓는 푸성귀 따위를 엿보는 고라니가 적지 않음을 뜻한다. 그러면서도 완벽하지 않은, 어딘가 한 구석은 비어 있는 듯한 그물망에서 희미하지만 '공존'을 읽어낸다.

이웃한 절의 스님과 지팡이 하나씩을 나눠 짚고 경주 남산자락을 오른쪽에서 거슬러 오르다가 산이 너무 고요해 딱따구리 한 마리쯤 살지 않을까 불러보니 금세 경쾌한 울음소리가 들린다. 먼 곳에서 시작된 울음소리는 머리 위 소나무 가지에서 멈춘다.

새는 부처다. 나무과거보승여래응공정변지명행족선서세간해조어장부천인사불세존, 등 여러 이름으로 불리는 부처다. 눈에 보이지 않는 것은 부처가 아니다. 바람 같은 부처 새도 있다. 바로 동박새다. 동박새는 바람이다. 바람이 부는가 싶게 동백나무 가지가 가볍게 흔들리면 동박새가 모습을 드러내기 때문이다. 바람처럼 왔는가 싶으면 다시 바람처럼 사라지는 게 동박새다. 그래서 부처라는 것이다. 깨어 있어야 부처를 볼 수 있다. 깨어 있음을 상징하는 게 바로 목어다.

새벽마다 목어는 깨어나라 깨어나라 울어대지만 암흑 속에서 깨어나지 못하는 게 중생이다. 아니, 수행자다. 일주일 전에 물닭 조승호 선생님께서 '벌써 산개구리가 울더라'고 했을 때 아무렴 남쪽도 아니고 한강 북쪽에서 벌써 개구리가 울까 싶었는데 오늘은 정말 개구리를 보았다. 수행자들의 동안거 해제 회향에 맞춰 개구리도 깊은 잠에서 깨어난 것이리라. 개구리의 회향인 것이다.

정월 대보름 법회 법문은 '회향'에 대해 설했다. 천수천안관자재보살 석가모니 부처님께서 오랜 고행을 마치고 우유죽을 드신 후 도반들에게 처음으로 설법한 것이 부처님의 회향이다. 회향은 쉼이 아니다. 개구리가 긴 동면에서 깨어나 벌레를 잡듯 회향은 새로운 시작이다. 개구리도 깨어나는데 우리는 아직도 깨어나지 못하네,

꽃밭에서 한나절 잔치는 이렇게 끝났다. 종일 봄비는 내리고, 들판의 새들이 보고 싶고 나의 비밀의 정원의 새들이 보고 싶다. 고라니는 또 얼마나 다녀갔을까.

윤루시아
고라니 사진 앞에서 한 없이 앉아 있다 갑니다. 어린 고라니, 라는 말 앞에 잠시 멈추어....

놓으라

소리에 놀라지 않는 사자처럼, 그물에 걸리지 않는 바람처럼,
진흙에 물들지 않는 연꽃처럼, 무소의 뿔로 혼자서 가라.

스님, 이제 틀 안에 갇힌 사진에서 자유로워지셨습니다.
아름다운 영혼을 가진 분이 맘 가는 데로 무엇인들 못하겠습니까?
중생들은 눈 앞에 펼쳐지는 작품의 시각적 전기신호를 대뇌에서
어떻게 해석해야 할 지 몰라 고민하지요.
이 작품은 무엇을 의미하고, 작가의 제작 의도는 무엇일까 알고 싶어 안달이 나지요.
보이는 데로 그저 즐겨지지가 않지요. 지금까지 공들여 이루어 놓은 것들을
무심히 버릴 수 있을 때 우리도 자유를 얻겠지요. (물닭 조승호)

부처님 오신 날

아금청정수 我今淸淨水 변위감로다 變爲甘露茶
봉헌삼보전 奉獻三寶前 원수애납수 願垂哀納受

정갈한 물을 길어와 향기로운 차를 달여
불법승 삼보께 올리오니 부디 어여삐 여기소서.

거룩한 날, 부처님 전엔 오직 물 한 잔뿐입니다.
나는 변함없이 홀로 고요히 묵상하고 가만가만 기도합니다.
부처님은 부처님 오신 날만 오시는 게 아니기 때문입니다.

소식
세상은 시끄럽지만 도연암과 새들 노래 소리는 아름다운 자연 그대로군요.

어차피 나누어 줄 것이니

꽃이 좋아 모두 네 그루의 야생 개복숭을 심었습니다.
외출이 잦은 지난해까지도 개복숭 열매는 해마다 누군가에 의해
'싹쓸이'를 당하곤 하였습니다.

그러나 어차피 필요한 사람들에게 나눠줄 것이니
특별히 속상할 일도 아닙니다.

조성주
스님, 하늘에 쟁반같이 둥근 달이 떠 있어요. 달님은 소원도 들어준대요.

화

한 번 화를 내면 백만 가지의 장애가 생긴다고 합니다.
바보처럼 부처님처럼 웃으십시오.
웃으면 붙었던 장애도 달아납니다.

박형선
부처님 머리 위에 앉은 새에게 나뭇가지나 바위나 부처님이나 다를 게 없겠지요.

내가 그린 달마

--나무로도 빚지 마라, 흙이나 쇠로도 빚지 마라.
불에 들어가면 타버리겠고 물에 들어가면 흩어지겠고
불에 들어가면 녹아버리느니라.
형상에 집착하지 말라는 뜻입니다.

내가 그린 붓그림 중에서 제일 맘에 드는 작품입니다.

원래 내 것은 없습니다

돈을 잃고 재물을 잃고 사람들은 원통해 합니다.
그러나 생각해보십시오, 원래 내 것이 아니었잖습니까.
원래 내 것이 아니었다고 생각하면 아까울 게 하나도 없습니다.

강형주
어제 석문의 범/ 성도산림(成道山林)에서 시 한편을 읽었는데.
오늘 스님의 자운영 작품은 천지미분전의 개화를 담아낸 듯 저를 사로잡았습니다.
번역이 마음에 들지 않더라도 한번 적어 보겠습니다. 1,2구는 히브리 성경의 창세기를 염두에 됐습니다.

원각산중생일수(圓覺山中生一樹) : 圓覺山 가운데 있는 생명나무 한 그루
개화천지미분전(開花天地未分前) : 하늘과 땅을 분별하지 않고 꽃을 기른다.
비청비백역비흑(非靑非白亦非黑) : 푸르지 않고 희지도 또한 검지도 않으니
부재춘풍부재천(不在春風不在天) : 봄바람에 머물지 않고 하늘에 머물지 않는다.

강은 생명입니다

강은 생명입니다.
자전거를 타고 한강과 낙동강 순례 길에 나섰습니다.
강이 거룩하다는 걸 처음 깨달았습니다.

가시리
에고! 조금만 일찍 이 글을 읽었어도 이화령 휴게소에서 따뜻한 차 한 잔 들고 스님 만나 뵐 수 있었는데,
너무 속상합니다. 수채화 물감을 국토를 가로지르면서 전국에 풀어놓으셔서 이 나라 방방곡곡이 희망으
로 채색되기를 기원합니다. 자전거 순례 무사히 마치시기를 기도합니다.

위대한 꼴찌

하루우라라. 1996년 일본 북해도에서 출생한 경주마.1998년 11월 첫 경주에 출전한 후 2004년 1월까지 102회 경주에 참가하여 단 한 번도 우승하지 못함.

언젠가 신문에서 뛰었다 하면 꼴찌만 한다는 일본 경주마 기사를 읽은 적이 있습니다. '꼴찌 말'은 일등 말보다 인기가 높았고 관중들은 일등 말이 아닌 '꼴찌 말'을 보기 위해 모여든다는 얘기입니다. 거참 재미있는 일이군 했는데 책방에서 바로 그 말 이야기를 쓴 책을 발견하고 냉큼 집어들었습니다.

경마장에서 더 이상 성적을 낼 수 없는 말은 폐기처분(안락사) 되거나 아니면 변두리 2류 경마장에서 다시 뛰게 되는데 이 말 역시 폐기처분될 위기에 놓였다가 새 주인을 만나게 되고 '하루우라라'라는 이름으로 새롭게 '달리는 삶'을 시작하게 됩니다.

여기서도 이 말의 성적은 늘 꼴찌. 그래도 마주는 포기하지 않고 '꼴찌 말'을 출전시킵니다. 20회, 50회, 70회, 90회……. 경주는 계속 이어졌 지만 하루우라라의 꼴찌는 변함이 없습니다. 사람들은 도대체 어떤 말 이 그렇게 못 달리는가 싶어 모여듭니다. 그리고 언제부턴가 사람들은 꼴찌 말 하루우라라를 응원하기 시작했으며 여전히 꼴찌를 기록하는데 도 돈을 걸었습니다.

사람들은 어째서 꼴찌 말 하루우라라에게 열광했을까요. 그 까닭은 한 마디로 줄기차기 꼴찌를 하면서도 달리기를 멈추지 않았던 데 있었습니 다. 그리고 병과 싸우는 사람들, 직장에서 일찌감치 퇴직당한 사람들, 사 회와 가정에서 소외된 많은 사람들이 이 꼴찌 말에게서 위로와 희망을 얻기도 했다니, 비록 상대가 '동물'이었지만 나는 죄송하게도 얼마 전 '귀천'한 요한 바오로 2세를 떠올리는 것입니다. 그가 마지막 순간까지 교황의 자리에 있던 까닭도 수많은 소외받는 사람들과 병약하고 삶의 황혼기에 있는 사람들에게 희망을 주고 있었기 때문입니다.

──꼴찌면 어떠냐, 아직도 달리지 않느냐. 달린다는 사실이 일등을 한다 는 사실보다 더 중요한 게 아니냐. 실제로 꼴찌 말 하루우라라는 일등 하 는 말보다 훨씬 많은 경주에 출전했습니다. '최다출전상'을 받은 건 하 루우라라뿐이었습니다. 사람들은 일등 몇 번하고 퇴출당하기보다는 좌 절하지 않는 꼴찌 말을 선택한 것입니다.
위대한 꼴찌입니다.

박노민
서울 모임에서 스님을 뵀습니다. 편협한 우리의 신앙에 대해 많이 생각했습니다.

줍는 사람

먹고 마시고 버리는 사람이 있는 반면에는
이렇게 생계를 위해 줍는 사람도 있습니다.

장발장
스님께서 인용하신 김춘수님의 '꽃'의 일부를 번역해서 한 일본인 친구에게 보냈습니다. "잊혀지지 않는
하나의 눈빛이 되고 싶다"는 싯구는 새기면 새길수록 마음이 벅차옵니다. 이 세상에 생을 얻었으나 '인간
의 목표'를 망각하고 끝도 없이 방황을 하는 자가 누군가에게 '잊혀지지 않는 하나의 눈짓'이 되고 싶었겠
지요. 아름다운 영혼을 엮어두시고 돌아가신 시인의 명복을 빕니다. 사진과 함께 엮는 글을 읽으며 스님의
따뜻한 '눈길'을 느끼고 있습니다. 언제나 건강하십시오. 합장.

이희아와 리차드 클레이더만

네 개의 손가락만으로 피아노를 치는 이희아는
열한 살 때 '리차드 클레이더만'의 연주를 듣고
스승으로 삼았다고 합니다.
'리차드 클레이더만'은 이 얘기를 전해 듣고
'내가 왜 피아노를 쳐야 하는지 이제야 알 거 같다'고 했답니다.

리차드 클레이더만은 이희아의 희망의 등불이었습니다.

홍알벗
오래 전, 아버지께 새어머니를 맞게 해드리려고 돌아가신 어머니 사진을 없앨 뻔 한 적이 있습니다. 어머
니께선 장미꽃 활짝 핀 6월 현충일에 돌아가셨어요. 장미만큼이나 고우셨던 분인데...... 스님 저 기억 하
시죠? 평창 봉평에서 뵀던 방송국 기자입니다.

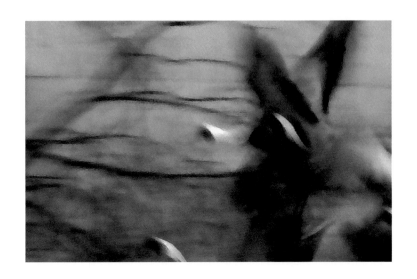

공중의 새를 보라

공중의 새를 보라, 심지도 않고 거두지도 않고 창고에 모아들이지도 아니하고…
마태복음 6:26 에 나오는 말씀입니다.
불교 초기 경전 '숫타니 파타' 에서도 집을 버리고 진리를 배우는 수행자는
어디서 무엇을 먹을까, 어디서 잘 것인가를 걱정하지 말라고 이릅니다.

박형선
얼마 전 가평의 한 계곡에 야생화를 보러 갔는데 얼레지와 현호색이 지천이더군요. 며칠 후 다시 가보니
계곡 초입의 군락은 여지없이 사람들 발길에 엉망이 되어 있었습니다. 일일이 출입불가, 꽃조심 팻말을
달아야 조금 지켜질까요?

이웃

미국에 '라가디아' 라는 판사가 있었는데 빵을 훔친 사람에게 벌금형을 내리면서
자신을 포함한 재판정에 참석한 모든 사람들에게도 벌금을 매겼다고 합니다.
배가 고파 빵을 훔쳐야만 하는 이웃이 있다는 걸 못 본 체한 것은 우리들 책임이라는
뜻에서랍니다. 뉴욕의 '라가디아 공항' 은 이 판사 이름을 딴 거라고 합니다.

지하차도에서 잠자는 사람들, 우리 모두의 책임입니다.

이무현
눈가에 나도 모르게 이슬이 고이네요. 늘 죽음과 함께 살고 있다는 그 말씀이 크게 각인됩니다.
우리 아버지 세대는 참 많은 아픔을 안고 사신 것 같습니다.

세상 물정 모르는 스님

--저런 데 전화하면 정말 돈을 꿔줄까요?
--스님을 뭘 보고 돈을 꿔주겠어요. 뭐 맡길 것도 없으면서,
--그냥 꿔준다잖아요.
--아이고 뭐 이런 멍청한 스님이 다 있담.
산 속에 홀로 살다보니 세상 물정을 몰라도 너무 모릅니다.
얼른 산으로 돌아가라고 일렀습니다.

윤창훈
바람처럼 다니는 스님. 언제나 변하지 않을 것 같은 스님 거처. 눈에 익은 하얀 눈 풍경과 함께 하니 더 없
이 평온해 보입니다.

진리

물은 물이요 산은 산입니다.
부모는 부모일 수밖에 없고
자식은 자식일 수밖에 없습니다.

류규현
전시회에서 처음 뵙고 두루미 그림 선물 받아 고맙다는 인사가 늦었습니다.

자기 십자가를 지고 나를 따르라

--누구든지 나를 따르려거든 자기를 부인하고 자기 십자가를 지고 나를 따르라. 내가 하느님과 하나가 되어야 합니다. 그 길은 끊임없이 자기를 십자가에 못 박는 것뿐입니다. 다시 말하면 나를 비워야 주님의 이름이 거룩히 여김을 받으시는 것입니다. 우리는 순간순간마다 비우는 법을 배워야 합니다. 참나무 교회 주보에서 옮겼습니다.

부활절 하루는 가난한 교회 참나무 공동체 객실에서 묵습니다. 내 컨테이너 방보다도 더 작아 보이는 방은 한지로 단정히 도배되어 절간 객실보다 더 절간답습니다.

참나무 교회에서 생태이야기를 주제로 소박한 강연이 있었습니다. 들꽃한 송이, 작은 새 한 마리의 이름을 외우고 불러주는 것이 사랑의 시작이라고 얘기했습니다. 나아가 진정한 부활의 의미가 무엇인지 생각해보는 시간도 가졌습니다.

'중은 마귀새끼인 줄 알았다. 그렇게 배웠기 때문'이라는 모모 장로님의 말을 들을 때는 온몸이 섬뜩하여 입을 다물지 못합니다. 스님들이 이런 소리를 듣는 게 누구 탓일까요. 목사님 탓일까요 교회 탓일까요. 가끔이지만 이와 비슷한 얘기를 들을 때마다 나는 수행자로서 처신이 어땠는지 되돌아봅니다.

―누구든 나를 따르려거든 자기를 부인하고 자기 십자가를 지고,
　자기를 십자가에 못 박아야 합니다.

우리는 어떤가요, 내가 정말 무늬만 수행자는 아닌지, 수행자가 맞기나한 건지, 남을 위해 살기보다 나를 위해 사는 건 아닌지, 남의 미래를 걱정하기보다 나의 미래를 먼저 걱정하는 건 아닌지, 염불보다 잿밥에 더 관심이 있는 건 아닌지 면도날처럼 날카롭게 점검해야 합니다. 진정한 수행자 정신을 잃지 않기 위해서 순간순간마다 비워야 합니다. 그래야 내가 거룩해지고 부처님이 거룩해지는 것입니다. '내가 하느님과 하나가 되기 위해서는 자기를 십자가에 못 박는 것뿐입니다'는 말에서 우리는 배워야하겠습니다.

　거리에서 묵묵히 그림을 그리는 화가가 거룩해 보입니다.

보리월
스님 꽃피는 봄입니다. 사진 강좌는 언제쯤 하실 생각입니까.

인간의 품질

어떤 때는 모든 살아 움직이는 것 중에서 인간이
가장 품질이 낮은 게 아닐까 의문이 들 때가 있습니다.
돗자리까지 깔고 놀고 난 후 쓰레기를 그대로 버리고 갔습니다.

survivor
경제 살리기도 좋지만 환경을 더 많이 생각하는 교육이 필요하지 싶습니다.

116

향 싼 종이에서 향내 난다

향 싼 종이에서 향내 나고 생선 싼 종이에서 비린내 납니다.
내면이 아름다우면 드러내지 않아도 드러나게 되고
반대로 내면이 아름답지 못하면 아무리 감추어도 소용없습니다.
마음 밭부터 가꿀 일입니다.

김응수
새사람들도 새처럼 더불어 나누면 좋겠습니다.

밥은 먹었는가?

저녁 예불을 마치고 나오는데 웬 녀석이 밖에 앉았다가 대뜸 묻습니다.

――스님은 금강경을 어떻게 보십니까?

――空으로 보십니까 無로 보십니까?

――금강경은 몇 자로 되어 있으며 어쩌고저쩌고, 내가 어디서 어떤 스님과 한 철 보냈는데 그 스님이 어디어디 큰스님 상좌더라, 그래서 그 스님하고 차를 한 잔 나누면서 뭐가 어떻고, 또 누구누구 스님도 아는데 그 스님 은사 스님도 내가 잘 알고, 해인사 거기 어떤 스님하고도 잘 아는데 수행을 어떻게 하고 범어사 어떤 스님은 또 뭘 어떻게 하고…….

나는 '밥은 먹었는가?' 묻고는
'시장할 텐데 어서 가 밥 먹으라' 이르고 내려 보냈습니다.

더도 말고 덜도 말고

더도 말고 덜도 말고.
'적당히' 라는 말은 '대충' 하라는 말이 아니라
알맞게 하라는 뜻입니다.
수행도 마찬가지입니다.
부처님께서도 고행만이 수행의 정도가 아님을 알고
우유죽을 받아 마셨습니다.

행복한 농부

행복한 농부.
농부는 행복합니다.
논을 쟁기질하면서 심고 가꾸고 수확하는 꿈도 꿉니다.
해마다 봄이면 새들은 농부네 논으로 모여듭니다.
새들은 트랙터를 졸졸 따라다니며 먹이를 구하는데
농부는 무심하기만 합니다.
커다란 트랙터 바퀴가 위태롭기도 하지만 사고를 당해
다치는 새는 한 마리도 없습니다.

이 새들은 황로입니다.

화장

아름답게 화장을 하고 옷을 단정히 입는 것은
'남 보기 좋으라' 고 하는 수고입니다.
〈이 아름다운 여인상 작품은
아프리카 짐바브웨 사람들이
동 銅 (구리)을 두드려 만든 것입니다.〉

일하는 여인

부둣가에서 남루한 옷을 입은 늙수레한 여인이
비닐봉지에 담겨 있는 무언가를 먹고 있습니다.
횟집에서 손님들이 먹고 남은 매운탕 찌꺼기였습니다.
그러나 여인이 거저 얻어먹는 건 아닙니다.
여인은 근처 좌판에서 생선을 닦는 수건이나 걸레 따위를 수거해와
바닷물에 빨아 다시 '납품' 하는 일을 하고 있었습니다.
커다란 종이상자가 여인의 숙소입니다.

바람
처음 뵙습니다... 바람입니다. 역시 도연 스님께선, 새들이 나는 멋을 아시는 분이시군요.

합장과 일주문

합장은 그대와 내가 하나라는 뜻입니다.
지구상의 모든 종교는 합장을 합니다.
기도할 때도 인사할 때도
합장을 하여 결코 둘이 아님을 말합니다.
'나의 비밀의 정원'에 내가 세운 일주문입니다.
겸허히 드나들라는 의미로 고개를 숙여야 할 만큼 낮게 만들었습니다.

허원준
아침 일찍 빗소리에 잠이 깼습니다.
어제, 성긴 눈발처럼 떨어지던 서글픈 꽃잎들은 화단에 즐비합니다.

자원봉사

자원봉사란 누가 시키지 않아도 내 돈 들여 밥 사먹고 다니며 봉사하는 걸 말합니다.

(태안반도 기름유출 사고현장에서 기름제거 자원봉사를 하는 분들입니다.)

소중한 인연

백천만겁난조우 百千萬劫難遭遇
겁 劫이란 셀 수 없는 시간을 말합니다.
굳이 표현하자면
커다란 바위가 옷깃에 닿는 시간을 말하는데
부처님 말씀을 만날 인연
혹은 우리가 사람으로 태어날 인연이
백천만겁만큼의 확률이라는 뜻입니다.

우리는 정말 소중한 인연으로 만났습니다.

새는 자유입니다

그대는 내세에 무엇으로 태어나고 싶습니까.
나는 새가 되고 싶습니다.
새는 자유입니다. 걸림이 없습니다.
새는 깃털 하나만으로도 충분히 아름답기 때문입니다.

茶童
새들은 멀찌감치 트럭 소리만 들어도 시님 오시는 줄 알 거여요. ^^

127

부처님 찬양

일전에 어떤 교회 행사에 참석했는데 소외 받은 사람들과 함께 사는
목사님께서 식구들과 함께 앞으로 나와 이런 노래를 불러주셨습니다.
――부처님 찬양, 부처님 찬양, 부처님 찬양 합시다 …….
'예수님 찬양'의 가사를 저를 위해 부처님 찬양으로 바꿔 부르신 것입니다.

부처님 관람료?

사찰에서 문화재 관람료를 받고 있어 사람들은 절에 가기가 싫다고 합니다.
심지어는 등산을 가기 위해 절 앞을 지날 때도 통행료를 받는다고 합니다.

부처님은 뭐라실까 궁금합니다.

가족

수리부엉이 엄마 새와 어린 새입니다.
수리부엉이 가족을 보고 있으면 행복한 가정이 연상됩니다.
진득하기 또한 어느 수행자 못지않습니다.
어린 새들 장난기가 발동하자 마치
--애들은 싸우면서 크나 봐요, 하고 말하는 거 같습니다.
새나 사람이나 하는 양은 똑같습니다.

조일현
스님의 글 하나하나를 가슴으로 읽습니다.

130

한가로우라

강으로 돌아온 새들은 물속에 풍덩 뛰어들어 목욕도 하고
목청껏 노래도 부르고 덩실덩실 춤도 춥니다.
목욕을 마친 새들이 한가롭게 몸단장 하는 걸 보면
사람 사는 건 참으로 번잡스럽습니다.

기쁘고 좋은 일

경주 사는 거사께서 내 작품이 인쇄 되어 어떤 절 앞에서 팔리고 있노라고 전화로 알려왔습니다. 내 글씨 같아서 살펴보니 낙관도 사인도 내 것이 분명하다는 것입니다. 아마 누군가에게 써 준 것일 텐데 괜찮았는지 정교하게 한지에 인쇄하여 팔고 있었던 모양입니다.

달필은 아니지만 누군가에게 돈벌이라도 돼 처자식 부양하는 데 도움이 된다면 이보다 더 기쁘고 좋은 일이 어디 있겠습니까.

청정도량

청정도량 淸淨道場
내 마음이 곧 법당이요 생각이 법당입니다.
절에 가기 전에는 언제나 내 마음부터 청정해야 합니다.

김연희
비밀의 정원 주인님께 인사드립니다... 누가 보거나 말거나 꽃이 스스로 피어나듯이... 누가 보거나 말거나
시간은 흐르는군요.

종이 줍는 할머니

두 바퀴 손수레 끌고다니며 종이박스 주워 싣고 있는,
삶이 결코 굴곡 없지 않았을 할머니는 나를 보고
어찌나 공손히 합장인사를 하는지 황망스럽습니다.

이렇게 돈 벌어 어디에 쓰시느냐 물었더니
낼모레 백중 때 절에 가서 쓴다고 합니다.

보시도 예금하듯

예금이란 게 형편이 넉넉하지 않아도 조금씩 하는 것처럼
남을 위해 보시布施하는 것도 마찬가지입니다.

보잘것없는 나무가 모여 숲을 이룹니다

보잘것없는 나무가 모여 숲을 이룹니다.
숲은 민중民衆 입니다. 소리 없는 함성喊聲 입니다.

새는 누구의 영혼일까

곤이(곤줄박이)가 창문을 톡톡 쪼아댑니다.
창문을 열어주었더니 얼른 들어와 책꽂이 위에 앉습니다.
곤이는 전생에 글쟁이 선비였는지
이런저런 책들을 들여다보다가
이번에는 다기 위로 날아가 앉습니다.
아하, 글쟁이 선비가 차를 좋아했구나,
나는 내 멋대로 해석을 붙입니다.
내가 관심을 보이지 않자 조금 심심했던지
훌쩍 노트북 모니터에 올라앉아 자판을 두드리는
나를 빤히 바라봅니다.
그러다 지가 좋아하는 잣 하나를 작은 입이 찢어져라 물고
책꽂이 위로 날아가 톡톡 쪼아 먹습니다.

이 작은 새는 내가 잘 아는 이의 영혼일지도 모릅니다.

나비야 청산 가자

나비야 청산 가자 범나비야 너도 가자
가다가 날 저물면 꽃밭에서 자고 가자
꽃에서 푸대접하면 잎에서 쉬어나 가자

산에 사는 수행자도 더러는 마음이 들뜰 때가 있습니다.
그럴 때마다 내가 읊조리는 작가 미상의 시구詩句입니다.

어치

어치는 알밤이나 도토리를 주워 숲 속 여기저기에
숨겨 놓고 먹는 습성이 있습니다.
숨겨 두었다가 미처 찾아먹지 못한 열매들은 싹이 돋고
나무로 크는데 결국 어치는 숲을 가꾸는 일등공신인 셈입니다.
그대는 일 년에 몇 그루의 나무를 심습니까?

희망

지팡이에 의지하여 걷는 남자를 알고 있습니다.
남자는 두 다리로 씩씩하게 걸을 수만 있다면
세상에 못할 일이 없을 거라고 말합니다.
남자의 희망은 오로지 두 다리로 걷는 것입니다.

아날로그가 좋다

뭘 좀 물어보려고 전화를 걸면
자동응답시스템에 의해 뭘 하려면 몇 번을 누르고
다시 몇 번을 누르라며 이리저리 돌리다가
끝내는 다음에 다시 걸라고 합니다.

나무꾼이 연못에 도끼를 빠트렸는데
옛날에는 산신령이 도끼를 들고 나타나
'이 금도끼가 네 도끼냐'고 물었다는데 요즘은
'금도끼가 맞으면 1번, 은도끼가 맞으면 2번…' 하다가
'사용자가 많으니 다음에 다시 걸라'고 한답니다

디지털이라고 다 좋은 건 아닙니다.

근묵자흑

근묵자흑近墨者黑,
먹을 가까이하면 먹물이 검게 묻을 수밖에 없습니다.

무릇 좋은 친구를 가까이 할 일입니다.

김신환 동물병원장

새들의 삶에 관한 한 아는 게 일천하지만 그들을 대하는 법은 알고 있습니다.
멀리 호주 대륙과 알래스카, 혹은 중국 남부나 베트남, 필리핀, 말레이시아의 울창한 습지에 산다는 작은 새들이 산 넘고 바다 건너 천리만리 먼 곳까지 날아와 알을 낳고 번식하고 있으니 귀한 손님으로 여겨 잘 대접하여 보내는 게 마땅하지 않겠습니까.

(다친 새를 가족처럼 돌보는 서산의 김신환 선생입니다.)

용달차 모는 부처

2005년 1월 '용달차 모는 부처'를 만났을 때 그의 용달차 주행거리는 무려 58만km였습니다. 그 후 1년 4개월 만에 우연히 그 용달트럭을 다시 이용하게 되었으니 정말 묘한 인연입니다.

오랜만에 만난 용달트럭에도 많은(?) 변화가 있었습니다. '외모'는 더 일그러져 금방이라도 주저앉을 것만 같았으며 운전석 천장 내장재가 떨어져 테이프로 얼기설기 고정시켜놓았습니다. '첨단' 기계도 하나 눈에 띕니다. 누가 쓰고 버린 초기 모델의 작은 구닥다리 내비게이션이 장착되어 있는데 내비게이션 앞에는 커다란 돋보기까지 붙여놓아 궁색한 티가 물씬 드러납니다.

그의 아들들이 자립할 때까지 5년은 더 타야 한다고 했으니 지금쯤은 트럭의 주행거리가 70만km가 넘었지 싶습니다. 그에 비하면 내가 타고 다니는 트럭의 주행거리는 이제 겨우 20만km를 넘어섰으니 용달차 모는 부처만큼 타려면 앞으로도 20년은 더 타야 합니다.

매사에 준비하십시오

매사에 준비하십시오.
준비하지 않으면 대권을 잡아도
아마추어 소리를 들을 수밖에 없습니다.
준비하는 사람만이 기회를 잡을 수 있고
잡은 기회를 훌륭하게 활용할 수 있습니다.

생존 학습

어미 물총새가 네댓 마리의 어린 물총새를 데리고 와 물고기잡이 시범을 보이더니 요즘은 어미 새로부터 독립한 어린 새만 남아 고기잡이에 열중입니다. 그러나 어린 새가 '수시로' 잡아 올린 것은 떠내려가는 버들잎. 경험이 적은 어린 새는 버들잎을 물고기로 착각한 것입니다.

어린 물총새 한 마리는 거의 다섯 시간 동안 단 한 차례도 성공하지 못하고 배를 곯습니다. 그래도 잡아 올린 버들잎을 버리지 않고 어미가 가르쳐준 대로 부리를 좌우로 흔들며 패대기칩니다. 머잖아 어린 물총새도 어미처럼 능숙하게 물고기를 잡을 것입니다.

국화차

국화차를 만들려고 꽃을 따는데 벌들이 다투어 달아납니다.
자기들은 꿀만 조금 빨아먹을 뿐인데
인간들은 꽃까지 따간다고 나무라는 것 같습니다.
차 한 잔 마시는 것도 욕심입니다.

148

영혼

삭막한 겨울 접경지대를 찾는
두루미들은
치열한 전투에서
생환하지 못한 젊은 병사들의
영혼들일 것입니다.
철원평야의 두루미를 볼 때마다
나는 그런 생각을 합니다.

섬사람들

섬에 갔습니다. 배는 이미 출항했는데
멀리서 보따리를 인 아낙이 힘겹게 달려옵니다.
가던 배가 다시 방향을 바꿉니다.
승객들은 하나같이 당연하다는 듯 느긋한 표정입니다.

우리는 한 배를 타고 항해 중입니다.

수행자와 나무, 새와 꽃

산에 사는 수행자에게는
나무와 꽃과 새와 길짐승들이 모두 도반이며 스승이 됩니다.
그리고 수행자는 시나브로 나무와 꽃과 새를 닮아갑니다.

성불

석가모니 부처님께서
세상을 등지고 현실을 도피하지 않았음과 같이
불자는 마땅히 현실과 맞서 이를 극복해야 합니다.
중생을 외면하고 어찌 성불을 바라리오.

– 효봉 스님의 말씀입니다.

불생불멸

살아 있는 모든 것은 죽음을 피할 수 없습니다.
그러나 죽음을 너무 슬퍼하지 마십시오.
죽음은 변화일 뿐입니다.
본래의 모습으로 돌아간 것입니다.

대화가 필요해

코미디 프로그램이 아닙니다.
도회지에서 연일 촛불이 켜지는 것도
대화의 부재에서 오는 까닭입니다.

대화, 잘 되십니까 …?

고려장 高麗-葬

옛날 – 아들아, 소나무 가지 꺾어서 표시해 두었다. 잘 보고 돌아가거라.
요즘 – 아들아, 용돈 모아 내비게이션 하나 준비했다. 길 잃지 말고 돌아가거라.

바다를 걸레질하다

태안 기름 유출 사고현장으로 달려가 며칠 기름 제거 작업에
동참했습니다.
사람들은 그 넓은 바다를 일일이 '걸레질'을 하고 있었습니다.
인류 역사상 바다를 걸레질한 민족은 아마도 없을 것입니다.

하느님 전 상서

미국산 쇠고기 때문에 청문회다 촛불집회다 연일 시끄럽습니다.
정부 관료는 물론이고 대통령까지 나서서 미국을 대신해
'미국산 쇠고기는 값 싸고 질 좋고 안전하다' 며
홍보하고 있으니 참 별일입니다.

1950년 6.25 한국전쟁 때 진주한 미군은 초가집 농가에 누런 황소 한 마리씩
매어 있는 풍경이 상당히 인상적이었다고 합니다. 황소 한 마리가 전 재산이었
던 시절은 이제 먼 옛날이야기가 되고 말았습니다.

소싯적에 시골 우체국 화장실에서 읽은 '하느님 전 상서' 라는 글을 소개할까
합니다. 어느 가난한 농부가 소 한 마리만 있었으면 가난을 면할 수 있겠다 싶
어 하느님에게 소 한 마리만 갖게 해달라고 편지를 썼습니다. 수취인 주소는 당
연 하느님이었고 말머리는 '하느님 전 상서' 로 시작했습니다.

난감한 우체국 직원들은 머리를 마주하고 의논했습니다. 그리하여 전국 우체국
직원들을 대상으로 모금운동을 했고 드디어 그 농부의 소원을 풀어주게 되었다
는 얘기입니다. 정말 까마득한 옛날 전설처럼 들리는 얘기입니다.

요즘 하느님께 편지를 쓴다면 어떤 내용이 될까요?

종교

유일하게 인간에게만
교육이 필요하고
도덕과 윤리가 필요하고
법이 필요하고
종교가 필요한 까닭이 무엇일까요.

종교가 발전할수록
세상은 평화롭고 살기 좋아야 하는데
실상은 그렇지 못합니다.
오늘날 종교가 극락왕생이니 천국이니
내세에 너무 치중하는 것도
그 원인 중 하나일 것입니다.

어둠 속에 홀로 앉아

감기 몸살 후유증으로 기침이 심합니다.
하필이면 기침은 한밤중에만 찾아와
괴롭히는 바람에
기어이 잠결에 일어나 앉아 책을 뒤적입니다.
옛날 전깃불도 없던 시절
산 속에 홀로 사는 시님네들은
이런 경우 얼마나 답답했을까.
걱정은 꾸어다까지 한다는데
별 게 다 걱정이고 궁금합니다.

삼라만상이 다 독서다

사람이 일용기거日用起居와 보고 듣고 하는 일이
진실로 천하의 지극한 문장이 아님이 없다.
그런데도 사람들은 스스로 글이라 여기지 아니하고
반드시 책을 펼쳐 몇 줄의 글을
어설프게 목구멍과 이빨로 소리 내어 읽은 뒤에야
비로소 책을 읽었다고 말한다.
이 같은 것은 비록 백만 번을 하더라도 무슨 보람이 있겠는가?
정조의 사위인 홍길주가 쓴 글이라고 합니다.

– '조선 지식인의 내면 읽기, 미쳐야 미친다' (지은이 정 민)에서 옮겼습니다.

운하가 들어선다니까

평화로운 강촌에 운하가 들어서면 마을 사람들은
그저 돈 벌게 된다니까, 어서어서 운하가 들어와 보상비 많이 받아
농사 좀 안 짓고 살았으면 좋겠다고 합니다.
양평 시내에는 〈운하 터미널 기필코 유치〉 현수막도 나붙었습니다.
강산은 한 번 헐고 자르면
다시 복구할 수 없음을 사람들은 모릅니다.

– 종교인 운하반대 100일 물길 순례 행렬 모습입니다.

온전한 자유를 얻기 위해 버리네

신변에 무슨 일이라도 일어나면 나는 '이 뭣고' 하며 서둘러 나를 들여다본다. 좋은 일이든 나쁜 일이든 나를 지켜보는 이는 삼라만상을 통해 간접적으로 메시지를 보내오기 때문이다. 예를 들어 전혀 예기치 않는 대상에게서 히딩크 표 어퍼컷이 들어오는 뭐 그런 식이다. 여러분께서도 좋은 일이 있다면 아, 이게 무슨 뜻인가 하고 돌아보고 나쁜 일이 있다면 내가 뭘 잘못했을까 되돌아보시라. 눈을 감고 고요히 앉아 살펴보면 그 원인을 어렵지 않게 찾을 수 있을 것이다.

새집 달아 주느라 사다리를 탔다가 떨어져 앞니가 몽땅 빠졌다. 사는 동안 되는 말 안 되는 말 등등 말이 너무 많았던 까닭에 말 좀 적게 하라는 의미에서 내 앞니를 빼앗아간 건지도 모른다. 덕분(?)에 나를 들여다보는 데 열중하느라 두문불출 산에서만 지내게 되었으니 사다리가 나를 '찐하게' 가르친 셈이다. 나무사다리보살.

더불어 버리는 일에도 열중했다. 생명을 유지하는 데 필요하지 않은 것은 모두 버리기로 기준을 정했으면서도 그게 어디 말처럼 쉬운 일인가. 그래도 가능한 단아하게 살자는 각오로 대청소를 시작했다. 우선 너절한 옷가지부터 모두 없앴다. 부엌살림도 처음 캠핑용 코펠 한 세트로 지낼 때를 기준으로 하고 사람들이 하나둘씩 가져다놓은 식기류는 모두 밖으로 내보냈다. 카메라 장비도 거의 모두 처분했다. 애지중지 보관하던 필름들은 대부분 세상으로 내보냈고 허접한(?) 것들은 다비장을 치렀다.

한바탕 버렸음에도 여전히 버려야 할 것들이 남아 있다. 버려야 할 것들을 모두 버릴 때 나는 온전한 자유인이 될 것이다. 그러나 버려야 할 것들이 어디 눈에 보이는 것만 있으랴, 마음속에 더 많은 버릴 것들이 있음을 나는 모르지 않네.

새들은 빈 둥지만 남겨놓고 기별도 없이 떠났네.

사람이 사람다워야

남도의 어느 섬으로 팔려가 짐승처럼 노동을 강요당한 사람들의 이야기, 지금 세상이 어떤 세상인데 아직도 저런 사각지대가 있었는지 놀랍고 인간으로서 부끄럽고 민망스럽다.

한두 달도 아니고 한두 해도 아니고 무려 10년 넘게 어떻게 인간이 저렇게 악독할 수가 있을까. 더 기가 막히는 건 마을 사람들이 서로서로 똘똘 뭉쳐 '일꾼'이 달아나지 못하도록 감시했다는 것이다.

마을 이장이라는 사람이 10여 년이 넘도록 월급 한 푼 주지 않고 마구간 같은 곳에서 재우는 것도 모자라 동사무소에서 나오는 생활보조금도 모조리 제 앞으로 돌려놓았다던가.

사람이 사람답지 못하면 짐승만도 못하다고 한다.

아름다운 영혼

며칠 흠뻑 비가 내려 계곡에 시원하고 맑은 물이 철철 넘쳐흐른다. 새들은 나의 새벽 예불 목탁 소리에 맞춰 잠을 깨고 하나둘 울기 시작하는데 소쩍새와 검은등뻐꾸기와 내가 이름붙인 안마사새(호랑지빠귀)는 밤새 우는 것도 모자라 아침까지 내쳐 운다. 올 여름 들어 붕붕이를 세 번이나 돌려 계곡 청량지까지 산책길을 훤히 깎았다. 올해는 산책길에 아름다운 영혼을 가진 사람들이 드나들었으면 좋겠다. 잘 깎아놓은 산책길 끝에 있는 청량지 옹달샘에 음식찌꺼기와 쓰레기와 불고기판 철망이 함부로 버려져 있지 않았으면 좋겠다. 쓰레기는 그렇다 치더라도 제발이지 배변은 좀 가려 했으면 좋겠다.

붕붕이를 멈추고 시원한 청량지에서 잠시 땀을 식히려니 커다란 나무 하나가 벌거벗고 누워 있다. 아래서 위까지 모조리 껍질이 벗겨졌다. 가만 보니 약이 되는 나무도 아니다. 약이 되는 나무는 이미 모두 잘려나가고 껍질이 벗겨진 터여서 비슷한 나무를 사람들의 눈속임을 하려는 것이리라. 나무를 베는 사람이나 속아서 껍질을 먹는 사람이나 어리석기는 마찬가지다.

밖에서 돌아오니 암자 뒤쪽으로 '신작로'가 훤히 닦여져 있다. 기절초풍할 뻔했다. 혹시나 수년 전처럼 농장에서 돼지 똥을 수십 트럭씩 가져다 버렸나 해서다. 시커먼 돼지 똥은 골짜기의 맑은 물과 지하수를 여지없이 오염시켰다. 밤낮으로 진동하는 냄새와 (특히 비 오는 날은 견디기 힘들어 몇 달간이나 피난을 가기도 했다.) 들끓는 벌레는 얼마나 사람을 괴롭히는지 이루 말할 수 없을 지경이었기 때문이다.

너무 견디기 힘들어 수행자의 입에서는 불평이 절로 나오는데 부처님이라면 이럴 때 어떻게 대처했을까. 보살에게는 오로지 중생을 생각하는 마음이다라고 했을까, 번뇌가 끊는 것은 이승이고 번뇌가 일어나지 않는 것은 열반이다라고 했을까. 다행히 올해는 '아직' 비극이 계속되지는 않았지만 그럴 가능성은 언제든지 버티고 있어 계곡의 평화로움을 빼앗길까 여간 조바심이 나는 게 아니다. 다행히 닦여진 길이 암석을 운반하기 위한 거여서 한시름 놓기는 했다.

영혼이란 사물을 지배하고 있는 기운을 말한다. 대지를 오염시키거나 거짓말로 남을 속이는 것은 그 사람을 지배하고 있는 영혼이 맑지 못하기 때문이다. 내가 사진을 좋아하게 된 동기는 '사진은 거짓말을 하지 않는다' 는 믿음에서였다. 사진은 늘 사실만을 말했다. 있는 그대로 복사하듯 찍히기 때문이다. 사람들은 믿지 않던 일도 사진으로 대하면 믿게 된다. 사진을 통해 사진가의 영혼의 진면목, 사진가가 아름다운 영혼의 소유자인지 아름다움을 가장한 눈속임인지 드러나기도 한다. 가히 사진寫眞이 사진詐眞이 되는 세상에 우리는 살고 있다.
진실을 보는 눈이 필요할 것이다.

혼수가 뭐길래

혼수가 뭐길래 드라마에서까지 이 야단일까. 혼수 문제로 옥신각신하는 일이 드라마 속에서만 나오는 꾸며낸 이야기가 아니다. 갓 결혼한 어느 연예인이 혼수 문제로 다투다가 급기야 신랑에게 폭행을 당하여 입원했다는 소식까지 들린다. 어디 연예인뿐이랴, 신문에 안 나서 그렇지 우리 주변에서 혼수 문제로 옥신각신하는 얘기는 얼마든지 들을 수 있다.

요즘도 '함 들어가요…' 외치는 소리를 들을 수 있는지는 모르겠지만 '함'이란 신랑이 신부 측에 보내는 예물함을 말한다. 함 속에는 패물이며 옷감이며를 넣었는데 원래 신랑 쪽에서 신부 쪽에게 '신부만 보내주시면 아끼고 사랑하며 잘 살겠습니다' 하는 의미로 예부터 전해오는 혼례 풍습이다.

대부분의 새들은 수컷이 집을 장만 하는 등 새살림을 준비하여 암컷을 초대한다. '호사도요'라는 새는 수컷이 둥지를 준비하는 것까지는 다른 새들과 다를 바 없는데 암컷은 알만 낳고 떠나고 수컷이 알을 품어 부화시키고 양육까지 도맡는다. 사람도 새를 닮을 필요가 있다. 남의 집 곱게 키운 귀하고 귀한 딸을 데리고 오는 일인데 '최소한' 혼수품 일체는 신랑이 준비해야 옳지 않겠는가. 시집을 '간다'고 하고 장가 '든다'고 한다. 식장에서 신부의 아버지로부터 신부를 인계받는 순간, 며느리로 맞는 순간부터 내 식구로 인정하고 친딸처럼 대해야 옳다. 그렇지 않은가, 딸에게 혼수를 요구할 수는 없지 않은가 말이다.

YWCA 홈피를 뒤져보니 '혼수 간편히 하기'가 있던데 '혼수 안 하기'가 맞는 말이지 싶다. 차기 대통령 감으로 누가 좋으냐는 설문에 대다수의 여성이 남성후보를 꼽은 것도 그렇다. 여성이 모두 여성후보를 뽑으면 당연히 여성 대통령이 나올 텐데 '여성은 안 된다'는 게 여성 스스로의 생각이다.

아일랜드의 메리 매컬리스 대통령, 독일의 앙겔라 메르켈 총리, 핀란드의 타르야 할로넨 대통령, 프랑스의 세골렌 루아얄 사회당 대선 후보, 칠레의 미첼 바첼레트 대통령, 미국의 낸시 펠로시 하원의장과 힐러리 클린턴 뉴욕 주 상원의원을 보라, 모두 여성이다.

여성이면서 남성 후보를 더 선호하는 건 마치 혹독한 시집살이를 했으면서 며느리에게도 변함없이 시집살이를 시키는 시어머니와 비교된다면 지나친 비약일까.

하여튼, 풍습이 잘못됐다면 바꾸어야 하고 앞으론 신랑이 모든 혼수를 장만토록 '혼수법'이라도 만들어야 할 거 같다. 대신 신부는 신랑 댁으로 들어가 자손을 낳고 살림을 이어나갈 막중한 책임이 있으므로 '신부수업'을 열심히 해야 할 것이다. 이 글을 읽은 예비 시어머니들께서는 알아들으시라. 20년 이상 엄청난 돈을 들여 키우고 교육시킨 남의 집 귀한 딸을 '거저' 데리고 와 내 식구가 되는데 뭘 더 바라는가. 혼수 팔아 먹고살 일도 아니지 않는가. 남의 시선 볼 것도 없다. 혼수 잘해 왔다고 남들이 뭐 보태주는 것도 없으니 쓸데없는 자존심은 그만 버리시라.

새만도 못한 사람이어서야 되겠는가.

공동묘지에서 사는 아이들

한 여름 부산에서 머무는 동안 '공동묘지에서 사는 아이들'을 만난 일이 큰 보람이었다. 푹푹 삶아대는 폭염 속을 고무신을 신고 거의 하루 내내 달동네 산등성이를 누빈다는 게 쉽지만은 않다. 발바닥까지 땀으로 젖어 미끈거리고 숨이 턱턱 막혀 걷는 것 자체가 고행이다. 그만 포기하고 시원한 숙소로 돌아가고 싶은 마음이 굴뚝같았지만 뭔가 하나는 빼먹었지 싶어 선뜻 달동네 골목을 벗어나지 못하는 것이다.

물통을 몇 개째 바꾸어 마셔도 숙소로 돌아올 때까지 소변 한 번 보지 않았다. 수분이 모두 땀으로 배출된 때문이다. 오늘은 그만 포기해야지 하며 마침 야쿠르트 아주머니를 만나 갈증을 면하고 묻는데 '등성이 너머 공동묘지가 있다'는 것이다. 다 내려온 가파른 등성이를 다시 애써 올랐지만 일러준 공동묘지는 보이지 않는다. 그래도 기왕 올라온 거 되돌아 내려가기보다 넘어가는 게 낫다 싶어 좁디좁은 골목길을 내려오는데 아아, 거기가 거기였다.

시멘트 블록과 합판으로 얼기설기 지은 이른바 '판잣집'들, 창문과 묘의 높이가 같아 이 '집'에 사는 사람은 묻힌 사람과 같은 '높이'에서 잠이 들 수밖에 없네, 문 앞에 묘가 있는 것도 부족해 마당 한 가운데에도 묘가 있네, 골목길 가운데도 장독대 바로 옆에도 하여튼 잡초가 수북이 자란 곳은 납작하지만 모두 묘라고 보면 되겠다. 쉽게 설명하자면 공동묘지 오래된 묘 사이에 겨우겨우 판잣집을 지었다고 생각하면 될 것이다.

얼마나 절박했으면 사람들이 이런 곳으로 내몰려 살게 된 걸까. 예전에 가본 망우리가 이런 모습이었는데 그래도 여기보다는 낫지 싶다. 판자와 비닐로 엉성하게 만든 '집'에서 두런두런 말소리가 들린다. 이런 곳에 '가족'이 모여 사는 것이다. 아아, '가족'이란 이런 거구나, 묘지 사이사이에 움막을 짓고 들어서 살면서도 대화 소리는 이렇게 정겹구나.

마침 남매로 보이는 아이 둘이 골목 끝에서 올라오며 인사를 한다. 너희들 여기 사니 물으니 그렇단다. 아이들을 따라 들어간 곳이 아이들이 사는 '집'이라는 걸 알고 나는 '아이고…' 한숨밖에 나오질 않네. 달동네는, 특히 이런 곳에는 노동력을 상실한 노인들이나 사는 줄 알았기 때문이다.

엄마는 안 계시고 섬유공장에 다니는 아빠와 영양상태가 좋아 보이지 않는 남매는 이 '집'에서 귀신처럼 살고 있네. 피아노 학원은 다니니…? 그럴 리 없다는 걸 뻔히 알면서도 하필 나는 왜 그런 '사치스런' 질문을 했을까,

누구는 한 송이 국화꽃을 피우기 위해 뭐가 어쨌다는데 아아, 나는 이 아이들을 만나려고 그랬구나. 여태까지 나와 인연을 맺어가고 있는 몇몇 아이들도 이렇게는 열악하게 살지 않는데 너희들은 참 처절하게도 사는구나. 우리는 또 얼마나 지독하게 나쁜 사람들이냐. 아이들에게 피아노 학원은 아니더라도 세 식구가 살 수 있는, 공동묘지가 아닌 반지하 전세방이라도 하나 마련됐으면 좋겠는데. 무더운 8월의 후원금은 아이들을 위해 써야겠다.

나의 비밀의 정원

나는 나의 비밀의 정원에서 온갖 나무와 새와 꽃들과 함께 삽니다.
그리고 은밀하게 오시는 그니와 만나는 것입니다.

머리 깎고 산에 들어오는 순간
이미 목숨을 버린 셈이어서
이 순간 삶을 마감한대도
억울할 것도 없습니다.

생선 굽는 보살

부산 영도다리 밑 골목에서 생선구이를 파는 할매입니다.
사진 촬영을 핑계로 들르는 곳인데
노상에 앉아 먹는 맛이 일품입니다.
수십 년째 그 맛이 한결같습니다.

당신의 맛도 한결같습니까?

포장마차

––스님도 포장마차 가고 싶은 적 있으세요?
––물론이죠! 스님은요?
––가고는 싶은데 혼자서는 못 가겠어요.
––언제 한 번 갑시다!!!
그래 놓고 몇 년이 지나도록 스님과 나는
포장마차에 한 번 가보지 못했습니다.

요강의 추억

내 나이쯤 되는 분 치고 요강의 추억이 없는 분은 없을 겁니다. 시골집에서 정말 오랜만에 '현재 사용 중' 인 요강을 발견하고 마치 타임머신을 타고 소싯적으로 돌아간 것만 같습니다.

컨테이너에서 사는 나는 영하 20도의 한겨울밤 소변을 보기 위해서 두꺼운 오리털파커를 입고 나가야만 합니다. 추운 날은 소변 보는 시간이 한 시간은 되는 것처럼 유난히 길게 느껴집니다. 그 사이 몸은 동태가 다 되지요.

이렇게 추운 날은 겨울밤 한탄강에서 위장막을 치고 촬영할 때처럼 '가끔' 이지만 페트병을 이용하기도 하는데, 페트병을 이용하는 스님을 나는 또 알고 있답니다. ㅋㅋㅋ

장애

사노라면 장애가 어디 한둘이겠습니까.
주관적인 장애도 있지만 객관적인 장애도 있습니다.

두 사람이 가로막힌 커다란 바위 앞에 망연자실 서 있습니다.
우리는 나도 모르는 사이에 이렇게 다른 사람의 앞길을 가로막은 적은
없었는지 생각해볼 일입니다.

김치

김치를 못 먹은 게 열흘은 넘었나 봅니다.
김치 대신 상추나 쑥갓을 라면 끓일 때 넣었더니 향기도 좋고 나름대로
먹을만합니다.

기쁨

새들에게도 기쁨이 있을까요.
창문 밖에 매단 인공둥지에서 곤줄박이 가족이 무사히 이소하였습니다.
어린 새들이 둥지를 떠나는 날은 어미 새에게 가장 자랑스럽고
흥분되는 날이며 기쁜 날입니다.

마이크

마이크는 고향 알래스카에 다녀올 때마다
양손에 가득 새 먹이를 갖고 옵니다.
새 먹이에는 칼슘이 얼마, 단백질이 얼마 등등
영양소가 표시되어 있는 혼합곡입니다.
바야흐로 '나의 비밀의 정원' 의 새들도
국제화 시대에 맞춰 수입곡물을 먹는 셈입니다.

물이 깊어야 큰 배가 뜹니다

자박자박 비가 내렸습니다.
내리는 양은 작았지만 밤새 내렸기 때문에 계곡에 물이 철철 흐릅니다.
더 아래로 내려가면 큰 개울과 만나고 큰 개울은 다시 한탄강과 만납니다.
보잘것없는 물방울이 모여 이처럼 내를 이루고 강을 만듭니다.
강은 바다와 만나 대양을 이룹니다.
물이 깊어야 큰 배가 뜹니다.

노랑부리저어새

노랑부리저어새는 천연기념물 205-2호로 보호하고 있는 멸종위기종으로 멀리 몽골 내륙 습지에서 번식하는 새입니다. 겨울이면 한강 하구, 천수만, 순천만, 주남저수지, 낙동강 하구 등지로 날아와 월동하여 많은 탐조가들을 즐겁게 합니다.

노랑부리저어새는 긴 부리로 어떻게 깃단장을 할까 궁금하여 위장텐트를 치고 지켜보기로 했습니다. 열심히 먹이활동을 하던 새들은 쉬는 시간이었는지 몸짓으로 사인을 주고받더니 서로서로 짝을 이루어 마주서는 것입니다. 그리고 바꿔가며 서로의 깃단장을 돕고 있었습니다. 우리가 미처 생각하지 못한 일입니다.

새들도 함께 사는 길을 알고 있는 것입니다. 노랑부리저어새는 여러 마리가 횡렬로 줄을 서서 물고기를 잡습니다. 주걱처럼 생긴 긴 부리를 좌에서 우로 우에서 좌로 저으면서 걸려드는 물고기를 잡아먹는데, 보이지도 않는 물고기를 번개처럼 쫓아가는 걸 보면 부리에 물결을 감지하는 감각기관이 있는 것 같습니다. 모내기하듯 횡으로 줄을 서는 것은 이쪽에서 놓친 물고기는 저쪽에서 잡고 저쪽에서 놓친 물고기는 이쪽에서 잡는 식입니다. 부리를 저어 잡는 방식이 혼자서는 비능률적이지만 협동하면 상당히 능률적이 됩니다. 새들의 지혜입니다.

길거리 식사

어미 잃은 어린 부엉새에게 먹이를 줄 때입니다.
조선일보 주완중 기자가 '중국요리'를 시켜주었습니다.
부엉이가 사람을 즐겁게 했으니 빚을 갚는 셈 치면
고생이랄 것도 아닙니다.

정본호
어미 잃은 수리부엉이 애기들에게 힘들게 먹이를 주시는 분이 누구신가 궁금하여 여기까지 들어오게 되
었습니다.

상추

파종한 상추가 더디 나 모종을 사다 심었더니 제법 먹을 만큼 자랐다.
싱싱한 상추를 먹을 수 있다는 기대로 계분 거름도 주고 아침저녁 물을
열심히 주고 가꾸었는데 막상 상추 잎을 딸 때는 어린 것에게 못할 일을
하는 것 같아 잠시 주춤거린다.

상추나 취나물의 입장에서는 거름과 물을 공급하기에 그저 고맙거니 하
다가 잎이 자라는 대로 똑똑 따가는 인간이 얼마나 야속할까.

어쨌거나 나의 아침 공양은 싱싱한 상추와 취나물을 곁들인 성찬으로
장만되니 하늘과 땅과 햇볕과 물과 식물들에게 감사할 일이다.

관심

풀을 뽑거나 무심히 걷다보면 새들은 지척에 다가와 웁니다.
그러다가 자칫 새들에게 관심을 보이면 새는 주저 없이 숲으로
모습을 감춥니다.

나의 공부가 좀 됐는지 어쨌는지를 보려는 것입니다.

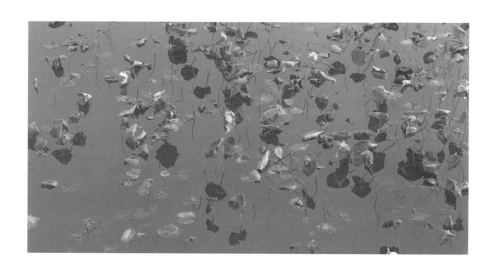

담

한밤중 빗소리에 잠에서 깹니다.
내가 사는 컨테이너 토굴은 지붕이 얇아
빗방울 떨어지는 소리를 금방 알아챕니다.
뿐만 아닙니다. 가볍게 바람 부는 소리, 나뭇잎이 서로 부벼대는 소리,
조심조심 지나가는 야생동물들의 발자국 소리까지도 들려서
바깥 사정을 훤히 짐작할 수 있습니다.

그대가 사는 곳은 어떤가요.

어머니와 머릿장

어릴 적 일입니다. 한밤중에 어머니는 또 머릿장(옷가지를 넣어두는 작은 옷장)을 열어놓고 옷가지를 정리하고 계십니다.
어머니는 또 심심하면(?) 다듬이질도 하셨는데 지금 생각하면 아무래도 괜한 다듬이질로 여겨집니다. 그렇게 손을 보아 옷장에 넣어둔 옷을 어머니가 입는 걸 본 기억이 없지 싶기 때문입니다. 얼마간의 시간이 지나면 어머니는 다시 옷장을 열고 예의 그 동작을 반복하며 잠 안 오는 시간을 메우고 계셨습니다.

어머니는 어디 멀리 떠나는 여행이라도 준비하는 걸까요.

꿈

어릴 적 하늘을 나는 꿈을 곧잘 꾸었다.

언덕 위에 올라서서 훌쩍 뛰어오르면 마치 만화 속 주인공처럼 잘도 날아다녔다. 가끔은 날아오르기에 실패하는데 그럴 때면 영락없이 잠에서 깨어나는 것이다. 하늘을 나는 꿈을 꾼 날 아침이면 나는 들판에 나가 실제로 훌쩍 뛰어보기도 했다. 내가 나는 시간은 기껏해야 논두렁에서 뛰어내리는 아주 짧은 시간이 되고 말지만 나는 뛰어내리기를 포기하지 않는다.

자꾸 뛰어내리다 보면 날 수도 있다는 생각에서였다.

물

날 풀리고 언 땅이 녹으면서 골짜기 샘터에 물이 고이기 시작했습니다.
펌프를 손보고 전기를 넣으니 물이 시원스레 쏟아집니다.
물을 길어다 쓰지 않은 것만으로도 행복을 느낄 수 있습니다.

아프리카 어떤 나라 아이들은 물 한 동이를 긷기 위해
뙤약볕을 두세 시간씩이나 걸려 다녀온다는데.
이름도 얼굴도 모르는 그 아이들에게 미안해
'우물 파주기 운동'에 동참하였습니다.

선물

어느 해 추운 겨울 밤 기온이 영하 22도였고 아침 기온은 영하 18도였습니다. 전시회 준비로 외출했다가 돌아오니 법당에 뭐가 잔뜩 놓여 있습니다. 낚시꾼들이 사용하는 매트와 텐트 그리고 버너 등등…. 특히 부탄가스로 '초소형 보일러'를 작동시켜 따뜻하게 데워지는 매트는 감탄이 절로 나오는 '신발명품'입니다.

잠복 촬영할 때 춥지 말라고 정흥수 선생께서 가져다놓은 것들인데 거금을 들여 구했을 걸 생각하니 송구스럽기 짝이 없습니다.

허자임
아침스님, 날씨가 더 추워진다는데… 막바지 추위가 되지 않을까 싶네요…. 단디 준비 하이소… ^^

191

안과 밖

신참 기자들이 흔히 겪는 일이다.
먼발치에서 책이나 소문을 통해 학문 도덕 인간적으로 흠모해 마지않던
인사들을 직접 겪어 보면 소문과 실체 사이에 상당한 거리가 있음을 알
게 되는 경우가 적지 않다. 처음에는 당혹스럽지만 시간이 흐를수록 인
간의 진면목이 드러나면서 허탈감을 넘어 배신감마저 느끼게 된다.

> – (동아일보 12월 8일자 '오늘과 내일' 오명철 편집국 부국장의 글
>   진보주의자, 진보생활자 중에서 옮겼습니다.)

힘

겨울이면 물지게를 지고 물을 길어옵니다.
길이 험해 가스 배달도 안 되기 때문에
가스통을 지게로 져 나르는데
어느 날 갑자기 힘이 부친다는 느낌이 듭니다.
나도 어느 새 '한 해 한 해가 다르다' 는
어른들 말씀이 실감나는 나이가 되었습니다.

공부도 힘이 있을 때 해야 합니다.

바나나 우유 스님

'바나나 우유' 스님이 묻습니다.
--스님, 메뚜기 말이에요, 왜 업고 다닙니까?
--업은 게 아니라 업힌 게 수놈입니다. 짝짓기 중이지요.
--짝짓기를요? 근데 숫놈이 그렇게 작습니까...?
--숫놈은 수정시키는 역할만 하니까 덩치가 클 필요가 없겠지요?
--거참 불쌍도 하네 ….
--불쌍하다뇨?
--수정만 하고 죽는다니 불쌍하지 않아요?
수정도 못 시키고 죽는 중도 있다고 하려다가 말았습니다.

함께 사는 길

오리나무 참나무 소나무 가시나무는
어디가 고향입니까 서로 묻지 않지만
숲을 이루며 함께 삽니다.
둥지가 훼손된 물새의 알을 다른 물새둥지에 입양시켰습니다.

옷

옷이 날개입니다.
특히 나처럼 얼치기 중한테는 더욱 그렇습니다.
언젠가 인사동 거리를 지나는데 안면 있는 걸사가
――야, 옷 좋다! 점심값이나 주고 가라!
하는 겁니다.
주정뱅이인 줄 알았더니 한 방망이 때려주는
스승이 됩니다.

산다는 게 어디 만만한가요

산다는 게 어디 만만한가요.
날개 달린 새에게도 때론 고난이 있나 봅니다.

해마다 은사시나무 구멍에서 번식하는 동고비라는 녀석입니다.
동고비는 곤줄박이나 박새처럼 인공둥지는 이용하지 않고
딱따구리가 쓰고 버린 나무구멍 둥지를 '리모델링' 한 후 번식을 합니다.
재활용을 아는 녀석입니다.

희생

딱따구리가 가슴에 커다란 구멍을 뚫지만
나무는 아프다고 말하는 법이 없습니다.
딱따구리가 번식을 마치면
이렇게 하늘다람쥐도 거기에서 번식하고
다음에는 동고비까지 번식을 합니다.
나무 한 그루는 숲 속 생명들의 소중한 보금자리가 됩니다.

수행

오래 전에 열흘 간 제주도에서 탁발순례를 할 때의 일입니다.
값싼 여인숙에 들었는데 합판으로 칸막이를 한 옆 방에서
남녀의 '다양한 컬러링'이 고스란히 들려오는 겁니다.
다시 나갈 수도 없고 기침이라도 하면 저쪽에서 얼마나 무안할까 싶어
숨을 죽이고 밤을 보냈습니다. 참으로 지독한 수행 경험입니다.

노영대 선생

잘 나가던 기자직을 버리고 자연이 좋아 자연 속에 묻혀 삽니다.
사진을 찍으면서도 자연의 소중함을 잊지 않는 고운 마음이
사람들의 귀감이 됩니다.

즐거운 고민

내일 아침은 쑥국을 끓일까, 냉이 국을 끓일까, 돌나물무침을 해먹을까,
달래무침을 해먹을까, 모레는 상추를 심을까 시금치를 심을까,
해마다 봄이면 즐거운 고민을 합니다.

새도 운다

새는 즐거울 때도 울고 슬플 때도 운다. 천둥 치는 소리에 잠에서 깼다. 뒤이어 비가 쏟아졌다. 불현듯 가드레일 기둥 속의 어린 새들을 생각하곤 서둘러 나가 비가림을 해줄 것인가 말 것인가, 어미 새가 알아서 품어주겠지, 비가 조금 오 다가 말겠지 등등 잡생각을 하며 이불 속에서 꾸물거린다. 급기야 비는 폭풍우 로 변하고 번개가 계속 돼 우산을 받고 나가기가 여간 위험스러운 게 아니다.

비가 멈추어서야 둥지로 갔다. 기어이 대부분의 어린 새들이 이미 입을 벌린 채 이리저리 쓰러져 있다.

마침 어미새가 돌아와 자리를 비켜주었다. 잠시 후 둥지에서 나온 어미새는
뭐라뭐라 소리높여 울기 시작했다.
마치 사람이 죽었을 때 망자의 옷을 가지고 지붕에 올라가 혼을 부르는 의식처
럼. 울음을 그친 어미 새는 둥지를 떠난 후 다시는 돌아오지 않았다.

어미 새가 우는 걸 나는 처음 보았다.

생일

생일은 어버이께 감사드리며 미역국을 끓여드리는 날입니다.
나의 영혼이 어버이를 선택하여 세상에 나온 것이지
어버이가 나를 선택한 게 아닙니다.
어버이에게 뭘 자꾸 요구하면 안 되는 이유입니다.

등불

밤 늦은 시간 버스가 끊겨 택시를 탔습니다.
차 다니기 쉽지 않은 곳에 다다렀을 때
길이 험하니 그만 돌아가게
했더니 그 택시 기사 양반
내가 안 보일 때까지 불을 비추고 서 있습니다.
마음을 비추는 등불입니다.

습 쩝

벌통 다섯 개를 들여놓았습니다.
'진짜 꿀'을 얻기 위해 설탕물을 공급하지 않았더니
다섯 개 중 네 개의 벌통의 벌들이
집을 비우고 가출을 하였습니다.
벌들이 어느새 설탕물에 길들여졌나 봅니다.

배려

나무를 심을 때도 인간 중심보다는
숲 속 생물들을 배려할 필요가 있습니다.
어떤 나무에는 어떤 열매가 열리며 어떤 생물이 살며
또 어떤 새가 둥지를 틀 수 있는지를 공부해야겠습니다.
이 다람쥐도 둥지가 부족한지 연신 인공둥지를 드나듭니다.

농사는 아무나 짓나

앞뒤로 심은 뽕나무에 오디가 새까맣게 무르익어 심심하면 나가 한 움큼씩 따 먹는 나의 유일한 간식거리가 되고 있다. 꿀에 재어두었다가 먹으면 기침에도 좋고 더 묵히면 발효가 되어 손님이 오면 원두막에 앉아한 잔 해도 좋다.

이른 아침 인기척에 나가보니 노장께서 오셨다. 아이고 시님, 세상에 심어놓기만 하고 먹는 건 없어요, 방울토마토는 가지치기를 해줘야 해요. (Y자로 생긴) 이걸 방아다리라고 하는데 큰 대궁만 남겨놓고 잘라줘야 위로 자라 실하게 열리지요. 고추도 밑에 나는 새순을 모조리 잘라줘야키가 크고 열매가 큰 법이라며 세세히 한 수 지도를 잊지 않는다.

식량으로 쓰기에도 부족한 판국에 바이오 연료인가 뭔가 옥수수 등에서기름을 짜내 자동차 연료로 쓰느라 지구 곳곳에서는 지금 식량부족으로아사자가 속출한다고 한다. 노느니 염불한다고 노는 땅 찾아 콩이나 옥수수, 수수, 조 같은 밭작물을 심어야 할까 보다.

안마기

등이며 허리 여기저기를 들들들들 안마할 수 있는
소형 안마기 하나 얻어왔습니다.
몸이 찌뿌드드 하여 사용해 보았더니 효과가 꽤 있습니다.
어머니 생전에는 이런 게 있었는지 관심조차 없던 일입니다.

거리에서 만나는 보살들

급히 갈 데가 있어 택시를 탔는데
첫 손님에 스님이 탔다고 굳이 요금을 받지 않습니다.
거리에서 공손히 합장하는 분들을 만나거나
지하철 옆 좌석에 앉은 할머니 보살께서
꼬깃꼬깃한 오천 원을 쥐어주실 때도 있습니다.

나를 돌아보게 하는, 거리에서 만나는 보살들입니다.

윤공부 목사님

포천에 있는 대안학교 '그 나라 공동체' 성탄전야 행사에 가려고 참나무
교회 윤공부 목사님께 전화를 넣었더니 목사님 부친께서 갑자기 돌아가
셔서 문상을 가야 했습니다. 목사님 내외분이야 워낙 트인 분이어서 괜
찮다고 생각했지만 형제분들이 모두 목사님이라 까까머리 중이 불쑥 나
타나면 거참 당황스럽겠다 싶어 망설이다가 두루마기 챙겨 입고 길을
나섭니다. 영안실에 들어서자 목사님 슬픈 기색은 어디 가고 '핫핫, 잘
오셨어요' 호탕하게 웃으며 반가워하십니다.

어느 날인가 윤 목사님 사모님께서 교회 집사님들과 함께 '나의 비밀의
정원' 에 오셨습니다. 간단하게 인사를 나눈 후 사모님께서 '부처님께 인
사드리러' 성큼 법당으로 들어가자 당황한 교회 신도들이 얼떨결에 법
당으로 따라 들어갑니다. 예측하지 못한 상황에 잠시 당황한 내가 부끄
러웠습니다. 대부분의 교인들은 법당에 들어가지 않기 때문입니다.

때

--오매, 호랑이 새끼 치것다.
생전의 어머니가 김을 맬 때마다 하는 말입니다.
'나의 비밀의 정원'에 열흘에 한 번은 풀을 깎아야 일이 쉬운데
한 달을 내리 쉬었으니 키만큼이나 억세게 자란 풀들은
풀 깎는 기계 날 끝을 감고 놓아주질 않습니다.

뭐든 때가 있는 법입니다.

혼수품

신도분께서 전기밥솥 하나 새로 사셔야겠다고 하며
20만 원을 보내왔기에 밥솥이야 오만 원이면 안 사겠나,
십오 만원은 떼어 먹어야겠다 하고 나가봤더니
그게 아니었습니다.

20만 원을 몽땅 털어 밥솥을 장만했다고
삐야기 스님한테 자랑했더니
'혼수품을 장만하셨다' 고 웃습니다.

인공 새둥지 만들기

해마다 부처님 오신 날은 연등을 다는 대신
인공 새둥지를 만들어 달아줍니다.
어미새가 둥지를 틀고 어린새들을 위해 먹이를 물어
나르는 광경을 상상하면 절로 즐겁습니다.

새벽 수다

밤 열두 시, 너무 일찍 잠에서 깨 다시 잠들었다가는 훤한 아침까지 내쳐
자버리는 전력이 있는지라 떨치고 일어나 앉아 찻물을 끓이네.

후두둑 비 내리는 소리에 잠을 깼다.
슬레이트를 지붕으로 얹어놓아 빗방울 떨어지는 소리만으로 가랑비가
내리는지 이슬비가 내리는지 아니면 바람을 동반한 소나기가 내리는지
금방 알 수 있다. 창문 방충망은 벌써부터 떼어놓았다. 날것들이 많이 줄
어들은 까닭인데 조금 전에 다기의 물을 버리기 위해 커튼을 젖혔더니
어제만 해도 유리에 다닥다닥 붙어있던 날것들이 단 한 마리도 보이지
않는다. 기온이 내려갔기도 하거니와 밤새 찬비가 내린 까닭이리라.

은쟁반에 구슬 굴러가는 듯한 방울벌레 우는 소리는 더 청아해졌지만
귀뚜라미의 빠른 울음소리는 간격이 넓어졌다. 또르르르… 또르르르…
하던 게 또.… 르…르… 르.… 하는 식이다. 마치 태엽이 다 풀려가는 것
처럼. 이 비가 멈추면 기온이 뚝 떨어지겠고 어느 날 갑자기 나의 비밀의

정원은 적막해져 겨우내 바람소리만 오갈 것이다.

――스님, 이제 그만 비닐막 쳐야겠어요...
묵묵히 삶은 밤을 까먹던 스님이 문득 말하네. 바람이 스산하게 '통과'
하는 걸 보다가 서글픈 생각이 들었나 보다. 전화라도 할 것이지, 개복숭
때문에 멀리서 도반이 왔는데 헛걸음을 치게 한 게 미안하여 그 대신 돌
배를 깨끗이 씻어 잘게 썬 다음 꿀에 재두었다가 먹으면 효과가 있을 것
이라며 배나무에 올라가 돌배를 한 바구니 따주었다.

굳이 돌배가 아니더라도 배 속(씨부분)을 파내고 꿀을 넣어 하루 지난 후
에 꿀과 함께 먹어도 효과가 있다고 일렀다. 내가 나무에 올라가 있는 동
안 또 떨어져 다칠까 스님은 나무 아래서 안절부절못하고, 그러나 기침
이라는 게 사람을 얼마나 힘들게 하는지 아는지라 스님을 위해 더 높은
곳인들 못 올라갈까, 올 겨울 공부나 열심히 하시라.

나 없는 새 누군가 모조리 털어간 개복숭이, 어떤 기침 심한 이의 약으로
쓰였다면 거 참 좋은 일이다 싶은 게 기침하는 도반으로 하여금 생긴 마
음일세.

비닐 막을 쳐야겠다더니 이번에는 언제까지 혼자 살 거냐고 묻는다. 혼
자 살다보니 자꾸 몸도 약해진다면서, 나보다 나이가 일곱 살이나 더 적
으면서 그대 걱정을 빗대 내 걱정을 하는 것이다.

그대나 맘 맞는 시님네들과 함께 사시게나, 나는 혼자 사는 게 좋아, 적
적한 게 좋거든, 고집을 부린다.

나라 걱정

지하철에 서서 신문을 보고 있는데 노인 한 분이 내가 펼쳐든 반대편 신문 지면을 읽고는 '허참, 죄다 빨갱이 천지군' 하며 한탄스러워합니다. 그러면서 옆 노인에게 자기 의사에 동의할 것을 은근히 주문하다가 기어이 두 노인은 큰 소리로 다투는 지경에 이릅니다. 한 노인은 젊은이들이 잘 알아서 할 것이라고 하고 다른 노인은 잘하긴 뭘 잘 하느냐, 신문 봐라, 죄다 빨갱이 아니냐며 언성을 높입니다.

승객들의 시선이 모두 두 노인에게 쏠리고 덩달아 나까지 승객들 눈에 드러나 나는 얼른 신문 지면을 바꿔들었지만 사태는 진정되지 않습니다. 두 노인은 기어이 '스님은 어떻게 생각하느냐'며 나까지 자기들의 대화에 합류하기를 종용합니다. 종용하기보다는 자기편을 들어달라는 의미여서 나는 신문을 접고 자리를 이동하는 것으로 소요에서 벗어났지만 노인들의 말싸움은 한쪽 노인이 다음 역에서 내림으로써 일단락됐습니다. 다들 나라 걱정이 돼서 그렇습니다.

들판 먹이 준 곳에 미리 나가 위장막을 치고 있었더니 두루미들이 삼삼오오
모여들었습니다. 나는 새들을 앞에 두고 노래를 불러보기로 했습니다.
새들이 놀랄까 작은 소리로 시작했는데 ……

　새들은 들은 체도 하지 않아 볼륨을 점점 높여 나중에는 고래고래 소리를 질러가며 불렀습니다. 섬집아기, 보리밭 그리고 성문 앞 우물 곁에 서 있는 보리수, 이렇게 세 곡을 새들에게 들려주었습니다.

숲은 잠들지 않습니다

올해는 12월에 들어서야 서리다운 서리가 내렸습니다. 서리는 밤에 기온이 급강하하면서 이슬이 얼어붙는 현상인데 밤새 된서리가 내리면 초본식물은 하루아침에 거짓말처럼 초토화가 됩니다. 키 큰 나무는 서리가 내리기 전에 미리미리 잎을 떨어트리며 겨울채비를 하지만 키 작은 식물은 따뜻한 가을 햇볕을 즐기며 잎을 버리지 못하다가 된서리를 맞고서야 마지못해 잎을 버리는 것입니다.

숲 속의 무법자처럼 군림하던 칡넝쿨도 된서리 앞에는 일순간 맥을 놓는데, 된서리를 맞고 시커멓게 잎이 변한 채 사그라지는 걸 보면 권력의 무상함이나 아니면 부귀영화의 무상함을 보는 것 같습니다. 그러나 된서리가 내렸다고 해서 칡의 넝쿨이나 뿌리까지 상하는 건 아닙니다. 칡은 뿌리를 땅 속 깊은 곳에 두어 냉해를 입을 염려가 없으면서도 넝쿨까지 땅 바닥에 납작하게 엎드리게 하여 추위를 피합니다. 땅의 지열을 이용하기도 하지만 다른 식물을 마치 이불처럼 이용하는 셈이지요. 이렇게 겨울을 난 칡넝쿨은 이듬해 봄 나무를 타고 올라가 무성한 잎을 내밀고 번성합니다.

그것만이 아닙니다. 칡넝쿨은 심지어 거미줄을 타고도 나무 높은 곳까지 오릅니다. 내가 사는 골짜기에도 칡넝쿨이 극성스럽게 나무를 감고 올라가 햇빛을 차단하는 바람에 나무들이 기를 펴지 못하고 그야말로 나무들은 '죽을 지경'입니다. 나무가 안쓰러워 산에 오를 때마다 낫을 들고 가 칡넝쿨을 잘라주지만 번식력이 왕성한 칡넝쿨은 나의 무자비한 낫질에도 아랑곳하지 않고 마치 반항이라도 하듯 전보다 더 무성하게 나무를 타고 올라 하늘을 가립니다. 이런 칡넝쿨이 지난해부턴가 그 세력이 눈에 띄게 줄어들었습니다.

그 까닭은 멧돼지의 등장이었습니다. 개체수가 늘어나자 식량부족을 절감한 멧돼지들이 칡뿌리를 캐 먹기 시작한 것입니다. 멀리서 보기에도 한창 무성할 시기에 칡넝쿨이 노랗게 말라죽어 이상하다 싶어 골짜기에 올라가보았더니 멧돼지들은 거의 남김없이 칡넝쿨 주변에 커다란 웅덩이를 파놓았고 칡뿌리 질겅질겅 씹어놓은 흔적이 곳곳에서 발견되었습니다. 칡넝쿨을 자르는 수고로움을 멧돼지들이 대신해주어 고맙기도 했지만 한편으로는 식량이 부족한 멧돼지들이 이제 마을로 내려오겠구나 싶은 생각이 들었습니다.

그러나 멧돼지라도 칡뿌리를 잔뿌리까지 파먹을 수는 없습니다. 봄이 되면 칡은 멧돼지가 캐 먹고 남은 잔뿌리만으로도 얼마든지 땅위로 줄기를 뻗어나가고 줄기에서 뿌리를 내려 차츰 영역을 넓혀갑니다. 줄기가 잘려지더라도 뿌리를 내린 곳에서 커다란 덩이줄기를 키워나가기 때문에 칡이 사라지는 경우는 거의 없습니다.

'나의 비밀의 정원'에 무성했던 칡넝쿨도 엊그제 내린 된서리로 납작하게 엎드렸습니다. 가끔은 내 발길에 채여 푸대접을 받지만 이 겨울이 지나면 칡은 다투어 잎을 드러낼 것입니다.
숲은 잠드는 법이 없습니다. ■

밥이 좋아지는 나이

내 자동차에는 빵이 떨어질 날이 없었습니다. 빵 굽는 냄새가 얼마나 구수한가 요. 빵집 앞을 지나면 참새 방앗간 그냥 지나치지 못하듯 이내 들어가 빵을 고 르곤 합니다. 간식 주전부리로 삼아야 할 빵을 주식처럼 먹는 것입니다.

사실 빵집에서 만드는 빵이 주식 삼아 먹을 건 없습니다. 한두 개 먹으면 이내 질려버리는 게 대부분이면서도 빵을 좋아하는 까닭은 어릴 적 먹었던 '어머니 의 찐빵' 때문일 것입니다.

어릴 적 유일한 주전부리가 찐빵이었는데 어머니는 밀가루 반죽을 밥에 얹어 쪄내 구수한 빵을 만드십니다. 또 요즘 유명하다는 무슨 찐빵처럼 팥을 삶아 속 을 넣은 찐빵을 잘 만드셨고 반죽을 얼마나 차지게 하셨는지 빵을 씹는 내내 쫄 깃한 느낌이 입속에 맴돕니다. 어머니의 찐빵은 크기도 커 하나만 갖고도 족히 끼니를 해결할 만했습니다.

방금 쪄냈을 때는 부드럽고 구수했지만 식혀서 두고 먹을 때는 더 쫄깃한데 한 번은 친구가 와 찐빵을 내놓았더니 칡뿌리 씹는 표정입니다. 그러면서 좋은 빵 은 원래 혀로 살살 녹여서 먹는다고 어머니의 '제품' 에 대해 폄하하는 것입니 다.

훗날 정말 나는 입 안에서 살살 녹는 빵을 먹게 되었는데 아, 그 친구가 말한 빵이 바로 이런 걸 말하나 보다 했습니다. 너무 살살 녹아 목으로 넘어가는 게 아쉬울 지경입니다. 그러나 너무 오랫동안 어머니의 뻣뻣한 찐빵에 길들여진 나의 입맛에는 입 안에서 살살 녹는 고급스런 빵이 익숙하지 않습니다. 그래서 그런지 빵집에서 빵을 고를 때는 달지 않고 질긴(?) 빵을 고르게 됩니다.

언젠가 유명하다는 찐빵 마을을 지나오게 돼 '무척 맛있다'는 일행의 말을 믿고 사 먹어보니 어머니의 찐빵에 비하면 그건 맛도 아니었습니다. 무엇이든 대량생산을 하면 본래의 진미가 사라지는 게 당연한 이치여서 그런 걸까요. 어머니가 살아계셔서 찐빵을 만드신다면 아마도 '올해의 히트상품'에 당당히 뽑히고도 남을 것입니다.

얼마 전부턴가 나는 빵을 배신하기 시작합니다. 빵보다 밥을 더 좋아하기 시작했다는 말이지요. 정확히는 지난해 8월, 다들 좋다는 전기압력밥솥을 거금을 지불하고 사고부터일 것입니다. 가스에 올려놓는 압력밥솥처럼 구수한 누룽지를 만들지는 못하지만 새것이어서 그런지는 몰라도 밥맛이 확실히 달라졌습니다. 공양미로 올려진 밥맛 좋다는 철원평야 오대쌀로 밥을 지었기 때문일 수도 있겠지만 하여튼 예전 밥맛보다는 확실히 다릅니다. 오죽하면 내가 '요즘 밥 지어먹는 재미로 산다'고 할 만큼 밥 짓는 재미도 있고 밥 먹는 재미도 있습니다.

밥이 맛있으니 김치까지 맛있습니다. 안 익었으면 안 익은 대로, 익었으면 익은 대로 먹기도 하고 김치찌개를 끓이기도 하고 김칫국을 끓이기도 하여, 김치 한 가지만으로도 밥 한 그릇을 뚝딱 해치워도 질리지 않습니다.

산에 오는 손님마다 '오늘은 나가서 맛있는 걸로 한 끼 사드시자'고 소매를 잡아끌지만 나는 부득 '여기서 짓는 밥이 더 맛있다'고 고집을 부립니다. 어느새 나도 밥을 좋아하는 나이가 됐나 봅니다.
연탄재 위에 소복하게 내린 눈이 흰 쌀밥 같습니다. ■

한 가족

새들이 요란하게 짖어대 내다보니 족제비란 놈이
새들 먹이통을 차지하고
제 먹이인 양 맛있게 먹는 중입니다.
새들 입장에서 보면
자기들의 양식을 덩치가 수십 배나 큰
포식자가 통째로 먹고 있으니 화가 날 만도 하겠습니다.
그러나 새만 먹으라는 어떠한 표시가 없으니 새들도
할 말은 없습니다.

자칫하면 족제비가 새들을 공격할 수도 있겠다 싶어
먹이통을 높은 곳에 두려다가 그렇다고 족제비가 포기하지는
않을 것 같아 새들 먹이통을 따로 만들어주기로 했습니다.
족제비도 숲 속 생명체의 일원이기 때문입니다.

도 닦는 일도 먹고 볼 일입니다

돈이 없어서 병원에 가지 못한다고 딱한 전화가 왔습니다. 저나 내나 가난하기는 마찬가지여서 얼마나 있어야 하느냐고 물으니 3만 원이면 된다고 합니다. 오죽했으면 30km나 떨어져 있는 나한테 3만 원만 갖다 달라고 했을까. 허긴, 나도 3만 원이 없어 동전을 닥닥 긁어모은 적이 어디 한두 번이었더냐. 그렇다고 어찌 3만 원을 내밀 수야 있나, 조금 더 보태서 한 쪽 주머니에 넣고 가봤더니 걸사 몰골이 말씀이 아닙니다.

준비한 병원비를 내밀고는, 네놈 덕에 나도 고기 맛 좀 보자며 의사 선생님이 돼지고기는 먹지 말라고 했다니 쇠고기를 사오게 하여 먹이고 나니 그제야 혈색이 좀 돕니다.

부처님 어머니께서도 '영혼의 집'이 부실하면 안 되니 '도 닦는 일도 먹고 볼 일'이라고 이르셨다고 합니다.

붕어빵

부산 전시회 때 일입니다.

전시장에 온다는 도반 스님을 만나 길거리에서 파는 헌책을 살펴보는 사이에 스님이 안 보이는 겁니다. 아니 그새 어딜 간 거야, 찾아보니 포장마차와 포장마차 틈에서 등을 보이고 뭘 먹고 있습니다. 스님이 먹고 있는 것은 붕어빵이었습니다.

중 체면에(?) 누가 볼까봐 포장마차 틈 사이에 돌아서서 먹은 것입니다. 지금이 몇 신데 점심도 못 먹었소, 물으니 웃기만 합니다. 너무 배가 고파 나를 찾아왔는데 차마 배가 고프거나 돈이 없다는 소리를 하지 못했던 것입니다.

생활비를 벌기 위해 막일을 나갔습니다

인력센터에서 나온 일꾼들이 "스님은 이런 일 아니라도
돈 잘 버실 텐데 궂은일을 하러 나왔느냐"고 합니다.
중들을 돈 잘 벌고 잘 먹고 잘사는 족속들로 알고 있는 것입니다.

고장이 나야 쉽니다

괜히 바쁘게 다닌 덕에 감기 몸살이 찾아오고
목이 퉁퉁 부어올라 입맛인지 밥맛인지 다 잃습니다.
몸에 병이 들어야 쉬는 건 사람이나 자동차나 마찬가지입니다.
오늘은 내가 타고 다니는 트럭을 치료하는 날입니다.

숭례문 문상

전소된 숭례문 문상을 다녀왔습니다. 평소에는 무관심하다가도
막상 없어지면 소중하게 느껴지는 게 어디 숭례문뿐이겠습니까.

소박한 전시장

어느 화가의 소박한 전시장에 온 듯.
자전거를 타고 가다가 골목길에서 수채화 같은 풍경을 만납니다.
꽃다지며 애기똥풀이며 만발한 유채꽃이 앞마당을 차지한 걸 보니
이곳 주인은 꽤 먼 곳으로 여행을 떠났나 봅니다.
녹슨 자전거는 곰팡이가 수채화 물감처럼 번진 담벼락에 기댄 채
고요하고, 나도 덩달아 고요해집니다.

알파
버려진 자전거 마저 아름답게 보이네요.

열심히 보고 들으라

어떤 절에 갔더니 노장께서
'어지러운 세상이 싫어 티비도 신문도 안 보고 산다' 고 말합니다.
나도 한때는 그랬습니다.
그런데 요즘은 '그 놈 참 편하게도 산다' 는 소리 들을까 싶어
티비도 열심히 보고 신문도 열심히 읽습니다.

단비

아침저녁으로 푸성귀에 물을 흠뻑 주고 있지만
간밤에 잠깐 내린 비에 비하면 어림도 없습니다.
질소비료는 식물 성장에 중요한 영양소인데
지구 대기 부피의 78퍼센트를 차지할 정도로 풍부한 질소가
빗방울에 섞여 내려와 식물에 공급되기 때문입니다.
동물은 식물이나 다른 동물의 단백질을 섭취하여
조직단백질에 필요한 질소를 얻지만
식물은 질소로부터 단백질을 합성해 성장한다고 합니다.
아침에 비가 멈칫하는 틈에 나는 얼른 나가 식물들이 밤새
얼마나 자랐을까 들여다봅니다.
역시 식물들은 부쩍부쩍 키가 커졌고 특히 상추는 물 만난
물고기처럼 잎이 풍성해졌습니다.

식물은 농부의 발자국 소리를 들으며 자란다는데
이번에는 비를 기다린 게 분명합니다.
묘목을 심은 방울토마토가 서둘러 두 개의 열매를 매달았습니다.

냄새

아침 기온이 영하 18도, 바람소리도 얼어붙고
돼지 목장의 지독한 냄새도 얼어붙었습니다.
상갓집 기도 갈 일이 있어 다른 분 승용차에 동승해 오갔는데
동승한 사람들에게서 담배 냄새, 입 냄새, 사람 냄새가
어찌나 고약하게 나는지,
아하, 사람에게서 이렇게 냄새가 난다니, 호주 사막의 승냥이들이
문명인한테서 썩은 고기 냄새가 나 졸졸 따라다닌다는 게
괜한 말은 아니었습니다.

그러나 안팎으로 나는 냄새야 그저 냄새일 뿐,
영혼이 정갈하지 못해 나는 냄새는
아무리 아름다운 언어로 포장해도 감출 수 없는 일입니다.

어디서 오는 향기로운 냄새인가 했더니 복사꽃이 피었습니다.

자원은 유한한데

트럭을 세워두고 자전거를 주 교통수단으로 정했습니다.
비싼 기름 값 때문이기도 하지만 한정된 자원을 산에 사는 수행자까지
펑펑 써댈 이유가 없기 때문입니다.
기름 값이 치솟아도 휴일 고속도로는 여전히 밀린다고 합니다.
서민들은 기름 값이 무서워 자동차를 세워놓는데 잘사는 사람들은
그렇지 않은가 봅니다.
미국 같은 부자 나라에서 에너지를 가장 많이 소비한다는데
아무리 자본주의 사회이고 내가 번 거 내가 쓴다지만
서민들이 절약한 몫까지 잘사는 사람들이 소비하면 안 되겠습니다.

교감

아침마다 창문 밖 먹이통에
땅콩과 잣, 호박씨, 해바라기씨 같은
먹이를 놓아줍니다.
새들은 기다렸다는 듯 먹이통으로 몰려오는데
따뜻한 심장을 가진 숲 속 생물들과의 교감은 언제나 감동적입니다.
먹이가 떨어지면
창문을 콕콕 쪼아 먹이 좀 더 달라고 보채기도 합니다.

희망은 주는가?

환경축제 때마다 사람들에게 두루미 그림을 그려주고 있습니다.
환경을 생각하자는 의미였지만, 몸이 병들었으니 낫게 해달라는 사람,
아버지가 돌아가셔서 어머니 홀로 계시는데 위로가 될 수 있는 그림을
그려달라는 사람, 딸 아들 시집 장가 좀 가게 해달라는 사람, 멀리 계신
부모님께 보내드리겠다며 부모님 사랑해요라고 적어달라는 사람, 자녀
취업이 되게 그려 달라는 사람, 유학 간 아들에게 보내겠다는 사람, 사업
이 잘 되게 그려 달라는 사람, 내 전공(?)이 아닌 달마도를 그려 달라는
사람까지 이유와 사연도 다양합니다. 하나같이 마치 나를 용한 점쟁이
나 주술사쯤으로 여기는 것입니다.

그러나 붓그림으로 사람들이 소망하는 것이 이루어지고 희망과 용기를
줄 수만 있다면 주술사 소리를 듣는다 해도 서운할 건 없습니다.

머릿장 서랍 속의 빨간약

내 소년기 내내 방 윗목에는 어머니가 열여섯 시집 올 때 해 오셨다는 고
색창연한 머릿장이 자리잡고 있었습니다. 머릿장 가운데는 노트북을 펼
쳐놓은 크기의 좌우로 여는 두 짝의 여닫이문이 있고 위쪽에는 네 개쯤
의 작은 서랍과 아래쪽에는 큰 빼닫이 서랍이 있는, 요즘은 골동품상에
서 구입하여 실내장식용으로 쓰이는 그런 거였습니다.

머릿장 여닫이문을 열면 어머니의 많지 않은 옷가지가 들어 있었고 첫
번째 서랍에는 단추나 바느질할 때 쓰고 남은 천 조각이, 둘째 서랍에는
가지런히 모아놓은 어머니의 긴 머리카락이 들어 있습니다. 머리카락이
들어 있는 서랍을 열 때마다 나는 어린 마음에 어머니가 머리카락을 태
워버리지 않고 왜 모아두었을까, 몹시 궁금합니다.

어머니가 머리를 빗을 때마다 빠진 머리카락을 모아놓은 까닭은 한참 커서야 알게 됩니다. 한 일 년쯤 모은 한 움큼의 머리카락은 머리카락 장수에게 넘겨지고 비누나 머리빗 따위와 '물물교환'이 되었던 것입니다. (요즘이야 인공 모가 개발되어 가발 등으로 쓰이고 있지만 옛날에는 길고 품질 좋은 여인네의 머리카락이 쓰였기 때문입니다. 실제로 시골에서는 물물교환을 핑계로 세상 물정 모르는 할머니들의 쪽진 긴 머리를 싹둑 잘라가는 일들이 심심찮게 벌어지기도 했답니다.)

세 번째 서랍은 내 용도로 주로 구슬이나 딱지 같은 자질구레한 놀이용품을 보관해두는 비밀이랄 것도 없는 '비밀창고'로 쓰였습니다. 그리고 마지막 서랍 하나에는 이명래 고약이나 용도나 이름을 알 수 없는 알약이 있었는데 그 중에서 내가 왠지 모르게 싫어하는 빨간색 약도 있습니다. 기억하는 분이 있는지 모르겠지만 이 약이 바로 악명 높은 '금계랍'이라는 '공포의 빨간 약'입니다. 이쯤이면 벌써 짐작하고 웃음 짓는 분도 있겠지요.

약이 귀한 시절 해열진통제로 쓰였다고 하는 쓰디 쓴 이 약을 어머니는 '치사하게도' 젖 떼는 약으로 용도 변경하여 어린 내게 악용(?)했던 것입니다. 약이 얼마나 쓴 지는 기억나지 않지만 어머니 가슴에 발라진 빨간색만으로도 치를 떨었던 기억은 지금도 삼삼합니다.

매화향기
젖 먹던 시절을 다 기억하시다니요.
전 동생들이 많아 젖 떼느라 엄니께서 쓸개즙 바르는 걸 본 기억은 있습니다만...

238

적당해야 보기 좋다

한 열흘 밖에서 지내다 돌아오니
'나의 비밀의 정원'을 풀들이 점령해버렸습니다.
붕붕이를 돌려 시원시원 풀을 깎으면서
풀들에게 참 못할 짓이라는 생각에
그만하면 됐다 싶어 손을 놓습니다.

선거 때마다 대권 후보들 다투는 걸 보면
저러다가 원수 맺겠다 싶습니다.
뭐든 적당히 해야 보기 좋습니다.

부부

새는 암컷이 포란 중에 수컷은 밖에서 쉬지 않고 웁니다.
'이 곳은 지금 내 사랑하는 아내가 포란 중에 있고 우리의 영역이니 다른 새들은 접근하지 마시오' 라는 자기의 영역을 알리고 지키려는 의도일 것입니다.

그리고 포란 중인 아내에게 '지금 바깥에는 누가 지나가고 어떤 새가 가까이 다가오고 있으며 날씨는 어떻고 먹이는 어떻고, 내가 멀리 가지 않고 지키고 있으니 그대는 염려 말고 포란에 열중하세요' 라는 메시지를 전달하는 게 아닐까 싶습니다.

가끔 수컷은 내 창문 밖이나 문 앞에 다가와 우는데, 하루 종일 혼자서 울다보니 어쩌면 새는 심심하여 친구가 필요했을지도 모릅니다.

눈물겨운 게 어디 새뿐이랴

어린 새들을 키우던 청호반새 어미 새 한 마리가 매에게 희생당했습니다. 어미 새 한 마리가 변을 당하면 어린 새 기르기를 포기하는 게 통설입니다. 더러는 남은 어미 새 한 마리가 열심히 먹이를 물어다 먹이지만 어린 새들을 먹이느라 정작 어미 새는 먹지 못해 탈진하여 굶어죽기도 합니다.

둘이 할 일을 혼자 하려니 쉴 새 없이 움직여야 하고 부쩍부쩍 커가는 어린 새들이 벌려대는 커다란 입을 생각하면 맛난 먹이를 입에 물었으면서도 차마 목구멍으로 넘기지 못하는 것이지요.

문성호 님과 의논하여 물통에 미꾸라지를 담아 놓아주었습니다. 어미 새는 기다렸다는 듯 어린 새들에게 열심히 미꾸라지를 물어다 먹였고 얼마 후 다섯 마리의 어린 새를 건강하게 키워 무사히 이소시켰습니다.

'나의 비밀의 정원' 풍경

나는 이 작은 낚시 의자에 앉아, 아무래도 까치의 비행술은 파랑새에 못
미치지, 저 쫓겨 가는 꼴 좀 보라지, 꾀꼬리가 어디다 둥지를 마련하려나
보다, 거 참, 무슨 샌데 노래 소리가 일품이네,혼잣말을 하거나 책을 읽
거나 아니면 가만히 졸기도 합니다.

뭔 일인지 청솔모가 원두막 슬레이트 지붕을 갈갈갈 소리를 내며 갉
아대면 나는 졸음에서 깨어나 풀도 매고 금낭화 꽃을 물어뜯는 벌도 들
여다보고, 들여다보고 있으면 곤이는(곤줄박이) 코앞에 날아와 '쪼그리
고 앉아 뭘 하나요' 째째거리며 참섭을 합니다.

흰눈섭황금새가 수컷만 날아다니는 걸 보니
암컷이 포란을 시작했나 봅니다.

아카시아꽃

아주 어릴 때 삼림 가꾸기 '사방공사'라는 게 있었습니다. 선생님들은 초등학생 우리들에게 산에 올라 싸리 씨를 받아오는 숙제를 내주었고 형들은 사방공사에 동원되어 숲 가꾸는 일에 나섰습니다. 그때 많이 심었던 나무가 아카시아나무. 번식력이 좋아 수입 종을 들여다 심은 건데 나중에는 숲을 망친다는 이유로 자라는 족족 베어내 화목으로 쓰곤 했습니다.

그런데 최근 아카시아 나무가 가장 많은 오염물질을 제거한다는 연구결과가 나왔다고 합니다. 아카시아 나무 밑에서 받은 빗물이 가장 깨끗했다는 것입니다. 더불어 여름이면 향기로운 꿀을 펑펑 쏟아내니 '좋은 나무'일 수밖에요.

'나의 비밀의 정원'에도 불청객 아카시아 나무가 곳곳에 자랍니다. '좋은 나무'라는 걸 알고는 베어내려는 마음을 접은 것이지요. 요즘 나의 비밀의 정원에는 아카시아꽃 향기가 진동합니다. 남쪽에서는 이미 피고 진 꽃들이 이제야 다투어 피기 시작했습니다. 탐스럽게 핀 꽃에 코를 대고 킁킁 냄새를 맡다가 이내 손으로 훑어 입에 넣으니 아릿한 향기가 금세 입 안에 가득합니다. 어릴 적 딱히 주전부리가 없었던 시절 배가 아리도록 아카시아꽃을 따 먹습니다.

손바닥에 올려놓고 들여다본 꽃이 새삼스럽게 하얗습니다. 갓 찧어낸 쌀알 같기도 하고 갓 튀겨낸 튀밥 같기도 한 아카시아꽃이 이렇게 아름다운 것도 예전엔 미처 몰랐던 사실, 꽃이 지기 전에 벌통 하나 가져다 놓아야겠습니다.

새로운 시작

60살 나이의 라인홀트 메스너라는 사람이
고비사막 2천km를 걸어서 횡단한 후 쓴
'내 안의 사막, 고비를 건너다'와
800km의 거리를 오체투지로 도달하는
티베트의 수행자들의 이야기가
나의 새로운 도전을 부추기기 충분한 대상입니다.
페이지를 넘길 때마다 이상하게도
나는 이 수행자들의 이야기가
더 이상은 '남의 이야기'가 아니라는
생각으로 굳혀집니다.
그것은 언젠가는 이 땅 구석구석을
자전거로 순례해보겠다는
평소의 소망으로부터 얻어진
결과였을 것입니다.

컴퓨터를 켤 때마다 등장하는 '새로운 시작'이라는
사인은 하루에도 몇 번씩 나를 부추깁니다.
드디어 자전거를 구입하고 맹연습, 철원--부산
완주를 마쳤습니다.

자전거는 밟으면 밟는 만큼 앞으로 나갑니다.
누구의 찬사도 들을 것도 없이 오직
스스로를 단련할 뿐입니다.

새·꽃·산···
'생태 사진' 찍는 도연 스님

– 조선일보 2008년 5월 3일자 WHY

　사내가 봉지에서 빵을 꺼내자 재잘대던 새들이 수다를 멈췄다. 그래서 물었다. "혹시 새들을 부르는 초능력은 없으신지?" "하하, 초능력은 아니지만 새들이 자기 좋아하는 사람은 알아보니까 …." 그러더니 머리 박박 깎은 사내가 휘파람으로 나지막이 새소리를 내는데, 잠깐 사이 사방에서 참새랑 비둘기들이 몰려오는 것이다. "저거 봐, 참새들은 100m 앞에서 좁쌀도 본다니까."

　봄비가 조금씩 흩뿌려대는 서울 덕수궁 노천카페 벤치였다. 거기까지는 이해했다. 비둘기라는 놈이 워낙에 사람에게 익숙해져 있는 새니까. 그런데 그가 빵 조각을 끌어 무릎 위에 올려놓으니, 잠깐 망설이던 비둘기들이 무릎에 기어오르고, 아예 손바닥 위에서 회를 치며 장난을 쳐대는 것이었다. 바로 옆에 앉은 내가 온갖 착한 척을 하며 흉내를 내보았으나, 새들은 끝내 옆 사람은 사람 취급해주지 않았다.

　새들을 부르는 사내 이름은 도연(度淵 · 55). 승려다. 스님은 스님인데 컨테이너 법당에 살면서 새와 꽃과 산 사진을 찍는 생태사진가 승려다. "세상 스님들이 몽땅 목탁 두드리면 시끄러워서 어떻게 살겠냐"며 목탁 대신에 카메라를 들었다고 했다.

그의 암자는 경기도 포천과 강원도 철원에 걸쳐 있는 지장산 자락에 있다. 철원평야가 코앞이다. 이름은 도연암. 2평짜리 컨테이너로 만든 법당이다. 상식적인 탱화 대신에 지장산 너머로 무리지어 날아가는 대형 기러기 사진을 걸어놓았다. "수행자가 닮아야 할 존재가 새라고 생각해요. 새는 둥지를 만들고, 새끼가 자라나면 미련 없이 집을 버리죠. 그 무소유無所有의 덕행이 닮아야 할 첫째. 가진 것 없이 오직 날개만으로 훨훨 자유롭게 나니, 그 자유自由가 수행자가 좇을 둘째 덕목입니다. 그래서 새가 좋아요." 그물에 걸리지 않는 바람처럼 새들은 살고 있다.

　　열네 살 때 집에 있던 일제 야시카 카메라를 들고 사진을 배우기 시작했다. 출가하고서도 카메라를 놓지 않았다. 사진 구력이 40년이 넘는 선수다. 운수납자로 오가다가 지장산 자락에 컨테이너 암자를 마련했다. 불교의 끝은 업보를 벗고, 모든 인연에서 자유로워지는 것이다. "아 자유다" 하고 다음날 자전거를 타고서 들판에 나갔다. "수십만 마리의 기러기와 수백 수천의 두루미가 날아다니는 거예요. 아, 저 자유로운 존재들, 저들의 우아한 기질을 사진으로 찍어서 사람들에게 보여주면 좋겠다, 뭐 그런 생각이 확 들었어요." 그래서 그리 했다. 그러다 보니 탐조객들이 새들 사는 곳을 망가뜨리지 않도록 감시도 하게 되고, 그러다 보니 탐조객들을 안내해 새들 생태를 설명도 하게 되었다. 어느 틈에 그는 생태사진계에 명망이 높은 사진가가 되었다.

　　그가 말했다. "새가 문화를 먼저 알아보는 거 같아요. 일본에서는 기러기가 먹이 달라고 사람들한테 먼저 다가온다잖아요. 우리는 그런 일 없지요. 우리는 등산 가서 무슨 소리가 나면 그 쪽으로 돌멩이부터 던지지요. 거기가 새들이랑 짐승들 서식진데. 멸종위기종으로 지정된 두루미가 몽땅 일본 가서 월동합니다. 그래서 일본 조류학자들이 걱정해요. 전염병 돌면 세상 두루미들이 멸종된다고. 한국더러 어떻게 좀 해보라고 해도 먹히질 않아요."

2007년 여름, 경남 창원 주남저수지에 아열대 조류인 희귀조 물꿩 한 쌍이 나타나 알을 낳았다. 도연은 주남으로 내려가 주남 지킴이들과 두 달 동안 걸식과 노숙을 하며 탐조객들과 언론으로부터 물꿩 가족을 지켰다. 막무가내로 사진을 찍으려는 사진가들에게 고무줄새총을 쏴대는 극성 끝에 물꿩 부부는 무사히 새끼 네 마리를 부화해 훨훨 날아갔다. "내가 새한테 배우고 사는데, 새가 못 살 환경이 되면 안 되겠지요. 그런 곳은 인간도 못 삽니다."

지난 4월 경기도 파주 탄현면 한 절벽에 있는 수리부엉이 둥지. 암컷은 독극물 중독으로 죽었고 수컷까지 어디론가 사라졌다. 남은 건 어린 새 세 마리. 일주일 뒤 굶주림과 까치 떼 습격에 벌벌 떨고 있던 어린 새들에게 도연이 나타났다. 도연은 절벽 아래에 텐트를 치고서 매일 생닭을 잘라 먹이로 둥지에 던져줬다. 오는 9월 새들이 날게 될 때까지 어미 새를 대신할 계획이었지만, 얼마 후 조류 관련단체가 어린 새들을 구해내면서 텐트를 거둬들였다. 두 마리는 살고, 한 마리는 결국 죽었다.

아무리 그래도 승려가 법당을 그리 자주 비우는 것은 정상은 아닐 터. 왜 그러시냐고 물었더니 "어린이까지 유괴해 무참히 생명을 빼앗는 일이 빈번한 세상에 새 한 마리를 통해 생명의 귀중함을 일깨우고 싶다"는 대답이 돌아온다.

그는 가난하다. 통나무 하나로 일주문을 세운 컨테이너 법당에 산다. 여름에는 너무 더워 바깥에 자고, 겨울에는 너무 추워 오리털 파카를 껴입고 산다. 사진 찍는다고 산을 비우다 돌아오면 얼마간 놓여진 불전들, "그걸로 트럭 기름 한 번 넣으니까 땡"이라고 했다. 그 허전함과 미안함이란. 그래서 그는 웬만하면 자전거를 타고 다니기로 했다.

"내가 과연 기름 땔 권리가 있는지, 아니, 나 하나쯤은 대기 오염 주범에서 빠져야 하지 않는지" 고민하다가 그렇게 산다. "중이 고무신 신는 이유는 자기를 겸허하게 낮추라는 겁니다. 고무신 신고 비단옷 입으면 옳은 일이 아니지요."

지난 여름, 그는 질기도록 집착했던 사진을 배반하기 시작했다. 신도들이 장만해준 값비싼 장비들을 거의 처분하고 새들과 꽃들을 찍은 귀중한 슬라이드 수만 컷을 필요한 곳에 줘버렸다. 그러고도 남은 필름들은 태워버렸다. 지금은 탐조와 기록을 위한 소형 쌍안경 하나와 소형 카메라 하나만 갖고 있다.

"작년 여름에 한탄강 유원지에 댕기물떼새가 알을 낳았어요. 줄을 쳐놓고 사람들한테 그랬죠. '저, 여기 물새가 알을 품었어요.' 그랬더니 사람들이 하나같이 발소리까지 조심하면서 돌아가는 겁니다. 아, 그때의 감동이란." 위대한 생태사진가 하나가 대한민국에서 사라지고, 진지한 생태주의자 하나가 웃었다.

"아침도 거른 채 복잡한 지하철 속에서 김치 냄새, 남의 방귀 냄새 맡아가면서 가족 먹여살리려고 쉴 새 없이 오가는 사람들, 그 사람들이 바로 도 닦는 사람이란다. 두드린다고 다 목탁이 아니고, 염불을 한다고 다 염불이 아니라고도 했다.

올 봄에 나무 좀 심으셨습니까?

여러분께서는 올 봄 몇 그루의 나무를 심으셨나요.
나는 올 봄 목련, 서양보리수, 벚나무, 매실 등 열 그루의 나무를 심었으며 어린 소나무와 뽕나무, 느티나무 여러 그루를 옮겨 심었습니다. 물론 나보다 많이 심은 분도 계시겠지만 한 그루도 심지 못했다고 미안해 할 것은 없습니다. 나무를 심는 대신 이산화탄소(CO_2)를 줄이려는 노력을 하면 되니까요.

사람이 한평생 내뿜는 이산화탄소를 없애려면 나무 900그루를 심어야 한답니다. 이산화탄소는 산소나 탄수화물이나 단백질처럼 생물이 생존하는 데 중요한 생명물질입니다. 동물은 살아가면서 산소를 흡수하고 이산화탄소를 배출하지만 식물은 이산화탄소를 흡수하고 산소를 배출합니다. 동물과 식물이 상호의존하며 사는 것이지요. 그런데 문제는 인구가 늘고 생활이 윤택해지면서 탄소 배출이 늘어나는 데 따라 그 이상의 속도로 숲이 줄어든다는 데에서 발생합니다.

식물과 동물이 상존하는 데 필요한 이산화탄소가 '지구 온난화의 주범'이 된 것은 참으로 억울한 일입니다. 이산화탄소는 물질이 탈 때 발생합니다. 46억 년 전 지구가 부글부글 끓고 있을 때 지구 표면은 이산화탄소로 덮여 있었지요. 비가 내리고 물에 쉽게 녹는 성질을 가진 이산화탄소는 물로 스며들게 되었고 대기 중에 질소와 산소 등과 함께 균형을 이루며 식물을 비롯한 다양한 원시 생명을 탄생시켰습니다.

이런 이산화탄소가 '문제아' 가 된 것은 최근입니다.
산업이 발전하고 화석연료의 사용이 늘어났으며 생활이 윤택해지면서 자동차를 비롯한 다양한 생활도구로부터 이산화탄소의 발생이 급격히 증가하였습니다.

따라서 이산화탄소는 잘사는 나라에서 대량 배출됩니다. 미국이 대표적인 나라인데 최근에는 중국이 미국을 앞서게 되었고 두 나라가 전 세계 이산화탄소 배출량의 절반을 차지하고 있다고 합니다.

인터넷에서 보니 이렇게 나와 있습니다. **이산화탄소** – 고농도의 이산화탄소를 흡입했을 때 순환계에 이상이 생겨 혼수상태 또는 사망에 이를 수 있다. 다량의 이산화탄소에 노출되었을 경우 질식이 일어날 수 있다. 낮은 농도의 이산화탄소는 호흡의 증가와 두통을 일으킬 수 있다. 산소 부족으로 인한 숨 가쁨, 정신적 경계심의 감소, 근육 조정의 손상, 판단력 상실, 감각의 무뎌짐, 정신적 불안정, 피로를 일으킬 수 있다. 질식의 과정으로 구역질, 구토, 피로, 의식 상실 등이 일어날 수 있으며 심할 경우 발작, 혼수상태, 사망에까지 이를 수 있다. 임산부에게서의 산소 부족은 태아 발육에 지장을 줄 수 있다.

불과 30년 전까지만 해도 걱정거리에 속하지도 않던 이산화탄소가 최근 '못된 물질'로 낙인 찍히게 된 것입니다. 인간들에 의해 발생된 이산화탄소가 증가하고 지구가 더워지고 북극의 빙하가 녹으며 폭우가 쏟아지고 지진과 해일이 발생하는 등 갑작스런 기상 변화에도 너무 많아진 이산화탄소가 원인이 되고 있습니다.

진짜 문제는 지금부터입니다. 지구의 종말을 앞당기지 않기 위해서는 이산화탄소의 배출을 줄이는 수밖에 없다는 결론이 전 지구적 숙제로 떠올랐습니다. 그 숙제를 어떻게 풀어야 하는지 같이 생각해 봅니다.

첫째, 소비를 줄여야겠습니다.
우리가 사용하는 모든 생활용품이나 도구들이 만들어지기 위해서는 엄청난 양의 이산화탄소가 배출됩니다. 머지않아 인류는 생존에 반드시 필요한 물건만 지니고 있어야 할 시대가 올 것입니다.

둘째, 육식을 줄여야 합니다.

지구상에서 소가 발생하는 이산화탄소의 양이 무려 전체의 18%나 된다고 합니다. 동물을 기르기 위해 축사를 짓고 사료를 운반하고 먹이고 도축하기 위해 운반하고 도축된 고기를 운반 저장하는 과정, 가축 분뇨 폐기물 처리까지 합하면 이산화탄소의 배출량은 그 배가 될 것입니다. 동물성 단백질을 생산하려면 같은 양의 식물성 단백질을 만들 때보다 8배의 곡물이 필요하다고 합니다.

셋째, 자동차 운행을 줄여야 합니다.

이산화탄소 1톤은 차량용 기름 500L를 썼을 때 나오는 양입니다. 커다란 나무 9그루가 필요한 양이지요. 대형 자동차를 중형으로 바꾸면 나무 870그루를 심는 효과가 나고 그걸 소형으로 바꾸면 300그루를 심는 효과가 된다고 합니다. 아직도 자동차를 과시용으로 타는 분이 계신가요? 기름값이 L당 2000원이 되는 고유가 시대에 자동차도 이제는 실속있게 타야겠습니다.

나는 2007년 가을부터 주 이동수단을 자동차 대신 자전거로 정했습니다.

접이식 자전거를 가지면 시내버스, 지하철, 고속철, 시외버스, 택시 등등 타지 못하는 대중교통이 없습니다. 서울에 볼일이 있으면 자전거를 버스와 지하철에 싣고 가 자전거를 타고 다니며 볼일을 마치고 다시 버스에 싣고 돌아오는 식입니다. 부산에 경주에 갈 때도 마찬가지입니다. 내친 김에 '자전거로 국토 가로지르기'도 계획했습니다. 네이버의 '자전거로 여행하는 사람들' 카페에 가입하여 자전거 관련 정보를 공부했고 두루미의 고장 철원평야를 출발하여 새들의 낙원 부산 을숙도까지 550km를 무사히 완주하기도 했습니다. 나의 자전거 타기는 지금도 매일 수십 km씩 계속됩니다.

사실 우리가 살기 '힘들다'고 하는 것은 '더 좋은 것'을 원하기 때문일 것입니다. 나는 우리나라가 참 잘사는 나라라고 생각합니다. 백화점이나 마트에 가보면 언제나 사람들로 넘쳐납니다. 휴일에는 아직도 교외로 빠져나가는 사람들과 자동차로 인산인해를 이룹니다. 대형 음식점은 늘 붐빕니다. 놀이 문화도 가만히 들여다보면 엄청나게 사치스럽습니다. 밤이면 가로등이 대낮같이 밝고 문을 닫은 상점 간판에도 밤새도록 불이 켜져 있습니다.

강이나 바다, 계곡에 가시면 시원하지요? 물에 잘 녹는 성질인 이산화탄소가 물에 스며들어 잔존 산소가 풍부하기 때문이라고 합니다. 계곡에 물이 흐르려면 산에 나무가 있어야 하는 건 당연한 일입니다.

여태까지 말씀드린 내용은 새로울 것도 없는, 우리가 너무나 잘 알고 있는 사실입니다. 그러나 우리는 실천하지 않습니다. 누군가 내 대신 나무를 심어주겠지, 이산화탄소를 줄여주겠지 생각합니다.

나무를 심고 숲을 가꾸는 것도 중요하지만 도회지에 살면서 숲을 가꾸는 일은 쉽지 않습니다. 소비를 줄이고 전기를 덜 쓰고 샤워도 짧게 하고 웬만한 거리는 걷거나 자전거를 이용하고 쓰레기 발생을 줄이는 등의 아주 사소한 일들이 나무를 심고 가꾸는 것과 같은 효과를 낸다는 것을 잊지 말아야겠습니다.

광합성 능력이 없는 동물은 식물의 덕으로 살아갑니다. 인간은 자연의 지배자가 아니라 자연의 한 구성원일 뿐입니다. 현재 우리 국민 한 사람한 사람 살림살이의 씀씀이로는 지구가 두 개나 필요하다는 사실을 우리는 심각하게 이해해야 할 것입니다.

홈페이지를 다녀간 분들이 때론 따뜻하고 때론 따끔한 글을 남겨주셨다.
짧은 글이지만 혼자 읽기가 너무 아까워 허락 없이 일부를 옮겼다. 이 점 널리 헤아려주시길….

조승호 – 아카시아 꽃 비빔밥은 맛이 어떨까? 매운 고추장이나 냄새나는 된장이 아니고 흰밥에 조선간장 약간, 참기름 조금 넣고 소금으로 간을 맞추어서 아카시아 꽃을 수북이 얹으면 아카시아의 향과 씹는 질감을 그대로 느낄 수 있는 비빔밥을 만들고 싶은 생각이 갑자기 듭니다.

김응수 – 어린새 보는 재미가 마치 손주 보듯 솔~~솔~~하시겠습니다.

김재민 – 그래도 스님에게는 촬영복 보다 승복이 어울립니다.

까치노을 – 엄지 손가락만한 새들...부처님 엄지가 궁금하네요. ^^

안개바다 – 외로이 서있는 새의 모습이 스님을 닮았습니다.

송곡 – 오늘 서산으로 기름 닦을 헌 타올 한 자루를 보냅니다...

지향 – 사십 년 지기 친구가 소식도 없이 이사를 가 섭섭했는데, 산짐승 걱정하는 도연스님은 무지 따뜻하시네요.

물처럼 – 매발톱 꽃이 이 겨울에 풋풋한 향기를 느끼게 합니다. _()_

조물닭 – 위장막 안에 있어도 새들은 다 알지요. 저놈이 날 죽이지는 않겠구나하고 새들은 눈치를 보며 모른 체하지요.

강영송 – 아~ 두루미가 돌아오기 시작했군요. 가보고 싶습니다....

해동사문 원효 – 원만 회향 후 비밀의 정원 귀사 하는 날 새들이 지저귀고 꽃들이 춤을 추네.. 합장..

박지연 – 책속 글에도 스님의 거친 손이 나오던데... 거친 만큼 지나간 날들이 아름다우리라 생각들어요..,, 늘 행복하세요

호동규 – 제가 가서 보니 스님의 비밀의 정원에는 온통 '우담바라' 로 꽉 차 있던데.... 맑은 계곡의 물소리와 싱그러운 바람, 여러 종류의 새소리, 법당 앞쪽에 피어 있는 '우담바라' 들. 스님은 '해 뜰 때와 해 질 때' 가 좋다고 하셨는데 전 그 자리에서 '해 지는 것' 을 보는 게 제일 싫었습니다. 돌아가야 하니깐~

지산 – 총을 가진 자라 해도 모두가 살인자는 아닐 것이, 가진 것만으로 욕이 되는 세상이 아니기를.

이명환 – 스님, 맛이란 습(習)에 끄달리기에 중생(衆生)이 아닌가 싶습니다.

이경호 – 마음을 편하게 하는 사진을 중생에게 선물하고 계십니다. 스님 고민하시다가 카메라 놓아 버리면 어쩌나..

곽주견 – 병과 타협하고 대화라는 스님의 이야기 잼 있습니다.

샤콘느 – 스님의 사진을 볼 때면..저는 저의 일에 대한 열정이 생겨납니다.

kal – 안부 여쭙니다..평안하신지요..꾸벅..

풀 – 스님께서도 빵을 좋아하시나 봅니다. 혹 계시는 그곳까지 택배가 가나요?

딴지엄마 – 신문에서 뵙고 '아름다운 비행' 등을 넘나들며 하루를 마무리합니다. 저만 행복해 해서 죄송합니다.

김미경 – 스님이 계신 비밀의 정원에 갔었는데 안계시더군요^^ 가지런히 놓여있는 지게가 참 인상적이었습니다.

김시영 – 새는 스님의 거울인 듯합니다

무공 – 스님 반갑습니다. 단촐한 홈페이지 인상적입니다. 이렇게 두 번 째 들어오게 하네요.

장병진 – 새는 그렇게 무리 지어 날면서도 어떻게 서로 부딪히지 않을까요..